流亡者

[爱尔兰] 詹姆斯·乔伊斯◎著

冯建明　梅叶萍◎等译

Exiles

上海三联书店

译作《流亡者》为国家社会科学基金课题"爱尔兰文学思潮的流变研究"（15BWW044）和教育部社会科学基金课题"2017年度国别与区域研究中心（备案）：爱尔兰研究中心"（GQ17257）阶段性成果，教育部国别与区域研究相关课题阶段性成果、也是上海对外经贸大学课题"'一带一路'战略格局下的爱尔兰与中国关系研究"（YDYL2018020）、上海对外经贸大学内涵建设课题"乔伊斯与爱尔兰非物质文化遗产"、"外国语言文学研究生班课程"、"内涵建设之学科建设"、上海对外经贸大学学位点专项研究生创新人才培养建设项目：研究生教育精品课程：《乔伊斯研究》和上海对外经贸大学2020年内涵建设最终成果，本校2020年研究生"课程思政"示范课程建设项目"《爱尔兰文学研究》与民族核心价值观"最终成果，本校国际商务外语学院本科课示范课程建设项目"《英语泛读（III）》与人类共同命运"最终成果。

参加本书翻译和校对的成员

冯建明　梅叶萍　侯慧凡
张亚蕊　李　欣　刘淑云

目 录

序

　　若论国别与区域中的人文研究，那么我们就不能回避对欧洲岛国爱尔兰的研究。在爱尔兰岛上，历史的发展和政治区域变化深刻影响着爱尔兰的政治和文化。总体上，国内外爱尔兰研究已取得巨大进展。自中国与爱尔兰于 1979 年 6 月建交以来，双方彼此信任、相互合作、重视交流，两国为促进经济发展、推动社会繁荣和维护世界和平作出了贡献，并建立了深厚的友谊。在两国的重要城市中，不仅北京与都柏林成为姊妹城市，上海与科克也成为姊妹城市。"中-爱"两国代表性城市之间友好关系的建立具有深远意义，其进一步加强了"中-爱"友谊的凝聚力。

一、 中国的爱尔兰研究环境

　　中国的改革开放政策具有重大意义，为中国的爱尔兰研究带来了黄金时期。在爱尔兰政治文化研究领域，中国学术界不断地取得令人瞩目的成就，且近期进一步受到国家教育部的关心和支持。2017 年，我国教育部国际交流与合作司应时代要求，为了加强国别与区域研究力度，首次批准并资助了四家国别与区域研究中心（备案）："爱尔兰研究中心"。①

---

① 上海对外经贸大学爱尔兰研究中心、北京外国语大学爱尔兰研究中心、大连外国语大学爱尔兰研究中心、河南牧业经济学院爱尔兰研究中心。

中国的爱尔兰研究发展到今天，其所取得的成绩既离不开政府的英明领导和大力支持，也离不开诸多学术团队的共同努力，还离不开各种传播媒介。在斑斓多样的传播媒介中，著作（包括翻译作品）和论文最具影响力。在人们心目中，著作和论文上的"白纸黑字"令人联想到教科书上的词句、宗教经典中的术语、家族长者的嘱咐、社会权威的指示等，具有一定的权威性，是主流观念的书面表达。

然而，著作、译作、论文的产生并非空穴来风，一定有外在因素的支撑，它们是社会大背景下的必然产物，它们或者体现了社会发展趋势，或者是对文明历史的经验总结。在一定程度上，关注中国的爱尔兰研究著作，讨论爱尔兰作品的汉译作品，分析爱尔兰研究学术论文，无不有助于深入了解爱尔兰政治文化对中国现代社会发展的影响力。

不同时期，中国的爱尔兰研究成果的侧重点不尽相同。在中国"改革开放"初期，中国社会迎来了"科学的春天"，大家以读书为荣，渴望拥有知识，大力汲取西方文明和文化的精华。由于"文革"时期的高等大学教育之弱化，国民大多对外国文学的了解十分有限，大众的外国文学基础普遍薄弱。在中国的爱尔兰研究领域，实际情况也是如此。在研究水平方面，爱尔兰研究相对于英、美、法三国的研究来说，水平更低。在这个时期，对于中国的外国文学研究领域而言，概念的普及十分必要，对专业知识的讲解会有明显效果。这个时期的学者是学术引路人，尽管他们的著作现在看来并不深奥，却为中国的西方文化和文学研究打下了坚实的基础，为中国未来外国文学和文化的研究开辟了宝贵领域。随着中国爱尔兰研究的深入，爱尔兰研究受到新一代学人的重视。爱尔兰研究者借助现代理论，运用美学观点，分析爱尔兰文学的叙事技巧，把中国的爱尔兰研究和爱尔兰作品的翻译水平提高到新高度。多年以来，中国的爱尔兰研究尤其侧重爱尔兰文学、文化、历史和政治等方面研究，并在相关领域积累了一些重要的研究经验和学术成果。

在当前全球经济复苏的步伐缓慢、国际社会面临挑战增多的背景下，中国的诸多部门将在政府支持下，在明年举办一系列"中-爱"建交周年庆祝活动。这些无不表明中国人民对"中-爱"关系的重视，以及对"中-欧"关系的重视。在庆祝活动中，讲好爱尔兰作家与中国的故事，展现中国的爱尔兰研究所取得的众多成果，将有力促进中国和爱尔兰友好城市之间的关系，加深两国人民的友谊，搭建起民心相通的桥梁，为政治、经贸等领域的合作提供保障，服务于国家"一带一路"的战略发展需要。

无论在哪个研究领域，研究著作、翻译作品、学术论文的创作都离不开学者或作者。中国的学者通过创作，不断推进爱尔兰研究，并把爱尔兰政治文化理念介绍给中国，加速了中国与世界接轨的步伐。针对中国的爱尔兰政治文化传播，不同的中国学者通过各异的学术志趣和研究方向，把个人的天赋和对政治文化的理解，以学术作品的形式展现给世人，并不断推动中国的爱尔兰研究的发展。

爱尔兰文学作品是研究爱尔兰政治、文化、经济、历史等诸多方面的宝贵财富。中国的爱尔兰研究学者从文学作品中了解到爱尔兰的传统习俗、文化思潮、学术流派等，这些共同构成了爱尔兰政治和文化体系的重要方面，并使研究成果服务于国家旅游开发、经济发展、总体战略等，从而增进

"中-爱"双方在更多领域的合作，推动"中-爱"两国关系向更高水平发展。

长期以来，上海对外经贸大学爱尔兰研究中心不断努力，致力于探索爱尔兰研究的多个方面，尤其侧重研究爱尔兰文学、文化、历史、政治、经济等方面，并在相关领域积累了一些研究经验和学术成果。随着时代发展，此中心将进一步加强内涵建设，调整研究计划，在国际形势变化中服务于国家发展需要，不断提升中国的爱尔兰国别研究和教学水平，增强上海市与科克市之间的友好关系。

二、 爱尔兰研究中的精选作品翻译和著作撰写

我国的爱尔兰研究与时俱进，紧密联系"一带一路"，重视共建原则。相比古代丝绸之路，"一带一路"更加宽广，其所涉国家更多，共建成果惠及面更广。"一带一路"坚持开放合作，强调合作共赢。这里的"合作"是全方位的，它不但包括经济融合，而且兼含政治互信和文化包容。长期以来，爱尔兰与我国保持了亲密和友好的关系。"中-爱"关系是异国之间合作共赢的范例。

由于历史原因，爱尔兰与英国之间存在诸多联系。对爱尔兰的研究有助于加深欧洲文化发展进程。若谈论爱尔兰文化，那么我们必须参考爱尔兰文学和爱尔兰教育。爱尔兰文学蕴含了爱尔兰文化。能完美表达爱尔兰文化的作家很多，而詹姆斯·乔伊斯（James Joyce, 1882—1941）就是最典型的爱尔兰作家之一。针对爱尔兰教育，我们尤其应关注当今爱尔兰教育。故此，上海对外经贸大学现阶段策划，在基于乔伊斯研究

的前提下，翻译爱尔兰系列作品，并侧重当今爱尔兰教育的研究。

其一，译著《斯蒂芬英雄：〈艺术家年轻时的写照〉初稿的一部分》（*Stephen Hero*：*Part of the first draft of A Portrait of the Artist as a Young Man*，1944）。目前，国内尚未出现《斯蒂芬英雄：〈艺术家年轻时的写照〉初稿的一部分》的汉译本。该书是欧洲文学巨匠詹姆斯·乔伊斯的名著《艺术家年轻时的写照》（*A Portrait of the Artist as a Young Man*，1916，或译作《青年艺术家的画像》）第一版手稿的部分内容。《斯蒂芬英雄：〈艺术家年轻时的写照〉初稿的一部分》含十二个章节，是乔伊斯的自传性作品，以斯蒂芬·迪达勒斯的早期成长经历为主线，表现了主人公的诗人气质，刻画了他从孩提时期到成年阶段的身心成长过程，并涉及斯蒂芬的家人、朋友、男性和女性、都柏林生活和天主教艺术等。在叙述手法上，该书比最终出版的《艺术家年轻时的写照》更加生动、具体和详尽，尤其对研究乔伊斯和《艺术家年轻时的写照》具有重要学术价值。

文学是人性重塑的心灵史，它不会游离于文化话语体系之外。乔伊斯生活与创作的时代正是爱尔兰社会发生重大变革的时期，其作品《艺术家年轻时的写照》显出了更多现代主义意味，它将意识流与现实主义的叙事手法糅合在一起，对文学发展带来了重要的影响。相信《斯蒂芬英雄：〈艺术家年轻时的写照〉初稿的一部分》的翻译会进一步加深我国学界对《艺术家年轻时的写照》的研究。

其二，译著《看守我兄长的人：詹姆斯·乔伊斯的早期生活》（*My Brother's Keeper*：*James Joyce's Early Years*，

1958)。乔伊斯的作品充满了爱尔兰性或爱尔兰岛屿特质,对了解、欣赏和研究凯尔特文化积淀极为重要。要研究詹姆斯·乔伊斯,我们就需多了解该作家的生平。目前,《看守我兄长的人:詹姆斯·乔伊斯的早期生活》尚未有汉语译文。相信该书汉语译著的出版具有现实意义,其将推动我国的乔伊斯研究,有益于我国爱尔兰研究,更能加速国内高校的爱尔兰文学的教学。

《看守我兄长的人:詹姆斯·乔伊斯的早年生活》由詹姆斯·乔伊斯的胞弟斯坦尼斯劳斯·乔伊斯撰写,书中回忆了他与兄长共同度过的早年生活。该书是难得的传记性资料,对研究爱尔兰代表性小说家詹姆斯·乔伊斯弥足珍贵。该书由三位作家的成果组成:T. S. 艾略特的"序言"、理查德·艾尔曼所写"介绍"和"注释"以及斯坦尼斯劳斯·乔伊斯所写的回忆录。该书由理查德·艾尔曼编辑。该回忆录分为"故土""萌芽""初春""成熟"和"初放"五部分。该书破解乔伊斯笔下人物原型之谜,揭示其故事情节的起源,探索了乔伊斯的原始材料被加工的程度和方法,把读者的兴趣延伸到乔伊斯的家庭、朋友、他在都柏林生活的每个细节和都柏林的地貌——这个承载着他孩童时期、青少年时期和青年时期的都柏林,帮助读者把握乔伊斯性格与其小说的联系,为研究爱尔兰作家提供一个独特视角。

其三,译著《流亡者》(*Exiles*, 1918)。《流亡者》是三幕剧,由爱尔兰作家詹姆斯·乔伊斯创作。该剧发生在都柏林郊区的梅林和拉尼拉格。该剧主人公是爱尔兰作家理查德·罗恩,他曾自我流放到意大利。1912 年夏天,他携带与其私奔十年的情人柏莎返回都柏林,作短暂逗留,并在此期间爱上音乐教师比阿特丽斯·贾斯蒂斯。同时，柏莎则有意于记者罗伯特·汉德。这四个中年人虽有情，却难以沟通，彼此不理解。故此，无论在爱尔兰，还是在海外，他们都不断流亡。该剧除了这四个主要人物，还包含三个次要角色：罗恩与柏莎的儿子阿奇、罗恩家的女仆布里吉德和一个卖鱼妇。作为乔伊斯的唯一剧本，它虽然涉及的人物不多，却清晰地描写出流亡者之间的情感纠葛。乔伊斯运用角色转换手法，表现了现代爱尔兰人的焦虑感和异化感，凸显了 20 世纪初期西方社会流亡者的孤独感。

其四，研究著作《当代爱尔兰教育概况》（*A Survey of the Education in Contemporary Ireland*）。《当代爱尔兰教育概况》旨在聚焦爱尔兰岛，给当代爱尔兰共和国的教育情况勾勒一个概貌，以便为中国的爱尔兰教育研究的纵深发展，抛砖引玉；该作品包含序、参考书目、后记和由八章构成的主体部分：爱尔兰国情综述、爱尔兰教情概况、爱尔兰基础教育、爱尔兰职业教育和成人教育、爱尔兰高等教育、爱尔兰教育对外开放情况、爱尔兰留学服务信息和爱尔兰办学服务信息。该书依据诸多文艺理论，针对所选定章节的不同内容，采用开放式研究方法，重视爱尔兰历史的作用，关注爱尔兰地域特征，突出凯尔特人的民族性；它既参考纸质版经典、权威的爱尔兰研究资料，也不忽视源于网络的最新信息，避免了片面讨论、分析，从而既提供了当代爱尔兰教育情况的客观信息，也阐明了本书的研究团队对当代爱尔兰教育的主观理念。

上海对外经贸大学爱尔兰研究中心面向未来，展开多项研究，重视翻译的实用价值和现实意义，把握爱尔兰研究的热点，旨在通过翻译爱尔兰研究的系列作品，并探索当今爱尔兰教育的奥秘，为中国的爱尔兰研究增添一砖一瓦。

三、 基于"忠实"和"可读"的笔译，探秘当代 爱尔兰教育核心特征的研究

近年来，中国政府积极推进孔子学院建设，其在中爱两国发展进程中发挥了重要作用。爱尔兰都柏林大学和科克大学孔子学院及其他相关机构通过传播中国语言、文化、政治、经济和社会状况，有效增进了爱尔兰对中国的了解，并引发了对方的兴趣，加强了双方的友好关系。在此背景下，爱尔兰与中国关系的研究方兴未艾。

上海对外经贸大学爱尔兰研究中心借助文化研究，并利用现代翻译理论，组织了若干翻译团队。在该翻译团队中，上海对外经贸大学爱尔兰研究中心主任牵头为翻译团队成员提供基本资料、制定翻译程序、提出翻译要求，并且组织团队成员分工协作，以保证定期完成翻译任务。在翻译过程中，团队成员每隔一段时间会进行讨论，以解决翻译难题。翻译之后，团队成员采用自校和互校结合的办法来确保翻译质量。该书汉语译文出版前，本课题负责人进行全文校对、修改、重译，撰写前言、后记、附录，负责出版事宜，并根据出版社要求，反复修改、校稿、重译等。

当今，翻译领域存在多种翻译原则。对于本翻译团队而言，"忠实"与"可读"是翻译的核心原则。对于译作而言，"忠实"不可或缺。这里不再进一步讨论翻译的"忠实"，而是聚焦"可读"。乔伊斯的作品晦涩难懂，常被冠以"天书"二字，令人望而却步。乔伊斯的作品评论无不涉及晦涩文字。基

于"忠实"的"可读"看似容易，但对于乔伊斯作品翻译及乔伊斯评论而言却构成了巨大挑战。

当今世界，乔伊斯研究已取得巨大成就，它为我们团队的翻译提供了便利条件。尽管如此，对于说不尽的乔伊斯而言，乔伊斯研究并没有终结，它仍处于探索阶段。因此，我们的译文难免存在缺陷。何况，团队协作之优劣同存，其劣势在于：尽管有统一校稿环节，但在遣词习惯方面，团队译作仍不像出自一人手笔。我们的研究团队主要由教师和在读研究生组成，大家牺牲业余时间，不惧艰辛，进行了学术实践和探索。但愿我们能抛砖引玉，为未来乔伊斯作品的翻译和研究提供参考。欢迎大家批评指正。我们也愿不断修订译作。

至于《当代爱尔兰教育概况》，本研究团队聚焦当今爱尔兰教育情况，归纳爱尔兰教育传统特征，指出其独特性，讨论其新趋势和新特征，希望能为中国的爱尔兰教育研究的发展有价值的参考资料。

2019年是"中-爱"建交40周年，谨以乔伊斯研究经典著作汉译系列书籍和当代爱尔兰教育探秘为"中-爱"建交40周年献礼。

是为"序"。

冯建明
2019年夏
上海对外经贸大学
爱尔兰研究中心（教育部备案）

流亡者

理查德·罗恩：一位作家。

柏莎。

阿奇：理查德·罗恩夫妇的儿子，现年 8 岁。

罗伯特·汉德：一名记者。

比阿特丽斯·贾斯蒂斯：罗伯特·汉德的表妹，一名音乐教师。

布里吉德：罗恩家的老女仆。

一个卖鱼妇。

1912 年夏，在都柏林郊区的梅林和拉尼拉格。

第一幕

（都柏林郊外的梅林广场。理查德·罗恩家的客厅。客厅右墙有个壁炉，壁炉前立着张低矮的屏风，壁炉台上有一块镶金边的玻璃。顺着右墙向后，有几扇折叠门通向客厅和厨房。客厅的后墙靠右处，有一扇小门通向书房，小门左边是餐具柜。餐具柜上的墙面挂着一副镶框的蜡笔画，画中是位年轻男士。再往左是通往花园的双扇玻璃门。左边的墙上有一扇窗户可以看到外面的路。左墙再往前，是通往大厅和楼上的门。窗户和门之间，靠墙放着一张女士小桌，旁边是把柳条椅。客厅中央放着一张圆桌，周边摆着软包过的褪色绿毛绒椅子。圆桌的右前方，有一张小桌子，上面放着抽烟用的物品，旁边是一把安乐椅和一张躺椅。壁炉前、躺椅前及每扇门前都放着椰棕垫。地面铺着污迹斑斑的地板。后墙的双扇门和右墙的折叠门都配有半开半折的蕾丝窗帘。窗户上挂着厚重的绿色长毛绒窗帘，下半扇窗向上打开着，百叶窗遮至它的下缘。正值六月里一个温暖的下午，满屋皆是柔和的落日余晖。）

（布里吉德和比阿特丽斯·贾斯蒂斯从左边的门进来了。布里吉德是位上了年纪的妇女，身材矮小，发色铁灰。比阿特丽斯·贾斯蒂斯是一名年轻女子，27岁，身材苗条，肤色黝黑，穿着一件精心裁制的藏青色服装，戴着一顶优雅简约的黑色草帽，挎着个公文包款式的小手提包。）

布里吉德：夫人带阿奇少爷去洗澡了。他们没料到你会来。贾斯蒂斯小姐，你和他们说过你要回来吗？

比阿特丽斯：没说过。我才刚到。

布里吉德：（指向安乐椅）坐会儿。我去告诉主人你来了。你坐了很久的火车吧？

比阿特丽斯：（坐了下来）一早就上车了。

布里吉德：阿奇少爷收到了你寄来的明信片，上面有约尔的风景。你肯定累坏了吧。

比阿特丽斯：哦，不累。（很紧张地咳嗽起来）我不在时他练习钢琴了吗？

布里吉德：（开心大笑）练琴，你不是说笑吧！那还是阿奇少爷吗？他现在对送奶工的那匹马可着迷了。贾斯蒂斯小姐，你那边天气好吗？

比阿特丽斯：特别潮湿。

布里吉德：（充满同情）瞧瞧，你头上现在还有雨水。（说着走向书房）我去告诉他你来了。

比阿特丽斯：罗恩先生在？

布里吉德：（指了指）他在书房，正拼命写手头的东西。他肯定会写到半夜。（走向书房）我去叫他！

比阿特丽斯：布里吉德，别打扰他了。如果他们一会儿就来的话，我可以在这里等等。

布里吉德：我刚才给你开门的时候看到信箱里有东西。（走到书房门前，轻轻推开门，然后叫道）理查德主人，贾斯蒂斯小姐来给阿奇少爷上课了。

（理查德·罗恩从书房出来，走向比阿特丽斯，伸出手。理查德高大健硕，年轻懒散，留着浅棕色的头发和胡子，戴着一副眼镜，穿着一件浅灰色的宽松呢衣。）

理查德：欢迎欢迎。

比阿特丽斯：（起身握手，面色微红）罗恩先生，下午好。我本来不想让布里吉德打扰您。

理查德：打扰我？我的天啊！

布里吉德：先生，信箱里有东西。

理查德：（从口袋里掏出一小串钥匙递给布里吉德）给你钥匙。

（布里吉德从左边的门出去，随后传来她开关信箱的声音。不一会儿，她手里拿着两份报纸进来了。）

理查德：信？

布里吉德：先生，不是信。只是几份意大利报纸。

理查德：放在我桌上，好吗？

（布里吉德把钥匙还给理查德，把报纸放在书房桌上，走出书房，又从右边的折叠门出去了。）

理查德：请坐，柏莎他们一会儿就回来了。

（比阿特丽斯再次坐回安乐椅。理查德坐在桌子旁。）

理查德：我以为你再也不会回来了。你都走了十二天了。

比阿特丽斯：我本来也这么想。但我还是来了。

理查德：上次在这里我和你说的事儿，你考虑得怎么样了？

比阿特丽斯：思考良久。

理查德：在我说之前，你就一定知道了，对吧？（她没有回答）你会怪我吗？

比阿特丽斯：怎么会？

理查德：你是不是觉得我对你很差劲？要不是的话，是我对所有人都太差劲？

比阿特丽斯：（伤感困惑地看着他）我也问过自己那个问题。

理查德：答案呢？

比阿特丽斯：我没法回答。

理查德：如果我是一个画家，告诉你我画了一本你的素描集，你不会觉得很奇怪吗？

比阿特丽斯：这不是一回事吧？

理查德：（微微一笑）确实不是一回事。我也告诉过你，只要你要看我写的东西，我就会给你看。可以吗？

比阿特丽斯：我不会要你给我看的。

理查德：（身子前倾，两肘放在膝盖上，双手握着）你想看吗？

比阿特丽斯：非常想。

理查德：因为写的是你？

比阿特丽斯：对。但不仅如此。

理查德：还因为是我写的？是这样吗？即使你发现里面有些东西有些残酷？

比阿特丽斯：（做害羞状）是因为你写的一些思想。

理查德：那是我的思想吸引了你？是吗？

比阿特丽斯：（犹豫不定，盯着他看了一会儿）你觉得我为什么来这里？

理查德：为什么？那原因可多了。来给阿奇上课。罗伯特、你、我，咱们三个自小就认识，已经这么多年了不是吗？你一直对我有意思，不论是在我离开之前还是之后。然后我们就互通书信谈论我的书。现在书已经出版了。我也回来了。也许是你觉得我脑袋瓜里生了新思想；也许是你觉得你得了解了解。是这个原因吗？

比阿特丽斯：不是。

理查德：那是为什么？

比阿特丽斯：要是那样，我就不会来看你。

（比阿特丽斯看了理查德一会儿，然后迅速将目光转向另一边。）

理查德：（顿了一下，犹豫地重复）要是那样的话，你就不会来看我?

比阿特丽斯:(突然纠结起来)我还是走吧。趁他们还没回来。(起身)罗恩先生,我得走了。

理查德:(伸出胳膊)但你这是在逃避。留下来。告诉我你的意思。难道你害怕我?

比阿特丽斯:(又坐了回去)害怕?才不是。

理查德:你对我有信心吗?你觉得你懂我吗?

比阿特丽斯:(再次害羞起来)人除了自己外,很难摸透别人。

理查德:摸不透我?我一边写书一边把写好的章节从罗马寄给你,而且九年以来也一直与你通信。不对,是八年。

比阿特丽斯:是呀,差不多一年后你才给我写第一封信。

理查德:你收到后立刻就给我回信了。从那时起,你就看出了我的挣扎纠结。(真诚地合起手来)贾斯蒂斯小姐,你所读到的内容就是我为你而写的,就是你赐予了我创作灵感,告诉我,你能感觉到吗?

比阿特丽斯:(摇摇头)我没必要回答这个问题。

理查德:不然是为什么?

比阿特丽斯:(沉默片刻)我不能说。你自己非要问我,罗恩先生。

理查德:(些许热切)在那些章节信笺中,在我的性格和生活中,我都表达了某些你骨子里无法表达的东西——骄傲还是不屑?

比阿特丽斯:无法表达?

理查德:(身子向她靠近)不能表达是因为你不敢。是那样吗?

比阿特丽斯：（低下了头）嗯。

理查德：是因为考虑到别人，还是因为缺少勇气——哪个原因？

比阿特丽斯：（声音很轻）缺少勇气。

理查德：（缓缓地）所以你跟着我，内心里也是有骄傲或不屑吗？

比阿特丽斯：还有孤独。

（比阿特丽斯用手托住头，转过脸。理查德站起来，慢慢走向左边的窗口，向外看了会儿，然后折回来走向她，绕过躺椅，坐在她身旁。）

理查德：你还爱他吗？

比阿特丽斯：我甚至还不清楚。

理查德：正因如此，我才对你有所保留，即便我感觉得到你对我有意思，即便我感觉我在你生命中占有一席之地。

比阿特丽斯：你说得对。

理查德：但这却让我们有了隔阂。我感觉自己像个第三者。我记得，别人总是一同说出你俩的名字，罗伯特和比阿特丽斯。在我和所有人看来，就是这样……

比阿特丽斯：我们是表兄妹。所以别人同时提及我俩也不足为奇。

理查德：他告诉过我，你与他的秘密婚约。他什么都和我说，我想你应该知道。

比阿特丽斯：（不安状）我俩之间的事已经太久了。那时我还是个孩子。

理查德：（坏笑）孩子？你确定？订婚就在他母亲家的花园里。不是吗？（他指向花园）就是那儿。别人都说，你送上香吻锁定婚约，然后把你的袜带送给了他。这个可以说说吗？

比阿特丽斯：（带着些许保留）如果你觉得值得一提的话。

理查德：我觉得你应该没忘。（平静地握紧自己的手）我不明白。我以为，在我走之后……是我的离开让你难过了？

比阿特丽斯：我一直都知道总有一天你会走。所以我不难过，只是我变了。

理查德：对他吗？

比阿特丽斯：一切都变了。他的生活，甚至他的思想自那之后都变了。

理查德：（沉思中）的确。一年后，我收到你的第一封信时，就看出你变了；你生病之后，也有变化。就连你自己在信里也这么说。

比阿特丽斯：那场病差点要了我的命。它让我对事物产生了不同的看法。

理查德：所以你们之间开始渐渐疏远。是这样吗？

比阿特丽斯：（半闭着眼睛）不。不是很快。我在他身上隐约看到了你的影子，然后就连这隐约的影子也褪去了。现在谈这个有什么意义呢？

理查德：（抑制住情绪）但笼罩在你心头的是什么？不应该是悲伤。

比阿特丽斯：（平静地）哦，一点都不悲伤。当我渐渐长大，他们告诉我，我会越来越好。当我还没死去，他们告诉我，我可能还能活下去。我重获生命和健康——虽然，我不会利用它们。（平静又痛苦）我康复了。

理查德：（温柔地）生活中没有什么能带给你平静吗？肯定有，在某个地方，它为你而存在。

比阿特丽斯：也许是女修道院吧，如果我们的宗教中允许有的话。至少，我有时候就这么想。

理查德：（摇摇头）不，贾斯蒂斯小姐，修道院也不行。你之前就没有完全交出你自己。

比阿特丽斯：（看着他）我会试试看。

理查德：你会试试，好吧。你曾被他吸引，就像你的思想被我的思想吸引一样。你曾抗拒他，也曾抗拒我，只是方式不同。你现在还没有完全交出你自己。

比阿特丽斯：（温柔地双手合十）罗恩先生，既要完全交出自己，还要交出得快快乐乐，这真是鱼和熊掌不可兼得啊。

理查德：但你不觉得，那样的快乐才是我们所理解的最好且最极致的快乐吗？

比阿特丽斯：（热情地）真希望我也能感同身受。

理查德：（身体后倾，双手抱在脑后）哦，你知道吗，我现在忍受了多少痛苦！有些因为你，但主要是因为我自己。（痛苦地）我祈求我已故的母亲把她的铁石心肠赐予我！我必须寻求一些帮助，在我自身内外，我必须找到，我会找到的。

（比阿特丽斯起身，眼睛紧紧盯着他，然后走向花园门那里。她转过身来满是犹豫，再次看向他，又走回来，倚靠在安乐椅上。）

比阿特丽斯：（安静地）罗恩先生，她去世前派人通知你了吗？

理查德：（沉思中）谁？

比阿特丽斯：你母亲。

理查德：（缓了缓，看了她一会儿，眼神锐利）我的朋友们在这里也这样议论我，说她临终前打发人来叫我，而我却没去看她最后一面？

比阿特丽斯：对。

理查德：（冷漠的表情）她没让人来告诉我。她孤独终老，最终也没有原谅我，神圣的教堂葬礼更加印证了这一点。

比阿特丽斯：罗恩先生，你为什么要这样与我说呢？

理查德：（站起身，紧张地来回踱步）我此刻所受的煎熬磨难，你会说这是报应。

比阿特丽斯：她之前给你写过信吗？我的意思是在她……之前。

理查德：（停了下来）写过，是一封警告信，让我与过去一刀两断，记得她最后一次对我说的话。

比阿特丽斯：（温和地）罗恩先生，难道她的离世也没有让你有所触动？这应该是一了百了啦。其他事不一定，但死亡一定就是一了百了。

理查德：确定的是，她还在世时，就避而不见我和我的……

比阿特丽斯：避而不见你和……？

理查德：避开柏莎，避开我，还有我们的孩子。如你所说，我等着一了百了；终于一了百了啦。

比阿特丽斯：（双手捂住脸）哦，不，肯定不是。

理查德：（情绪激动）我的话怎么会伤害到她那在坟墓里腐烂的可怜躯体？你以为我不渴求她给我一丝冰冷残存的母爱吗？我和她的精神抗衡到她生命的最后一刻。（把手压在前额）直到现在，她的精神仍然与我抗衡——就在这儿。

比阿特丽斯：（同上）哦，可别这么说。

理查德：当年她把我赶走了。因为她，我过了几年漂泊潦

倒的日子。我从没有接受过她从银行寄给我的救济金。我也等
待过，倒不是等她去世，而是想等到她可以理解我，理解她的
亲儿子，她的亲骨肉；但我一直没有等到这一天。

比阿特丽斯：即使有了阿奇后也没等到……？

理查德：（粗暴地）我儿子，你觉得呢？罪恶和耻辱之子！
你开什么玩笑？（她抬起头看着他）这儿的喉舌随时向她进谗
言，却让她衰老的心智更生怨念，敌视我和柏莎，还有我们无
神眷顾又无名无姓的孩子。（向她伸出手）我说话时，你没听
见她在嘲笑我吗？你肯定熟悉那声音，一定熟悉，叫你黑人新
教徒，叫你堕落者的女儿。（突然控制住自己的情绪）不管怎
么说，她都不是个一般的女人。

比阿特丽斯：（无力地）至少你现在自由了。

理查德：（点头）是自由了。她无法更改我父亲的遗嘱条
款，也不能长生不老。

比阿特丽斯：（双手合在一起）罗恩先生，现在他们都已
不在人世了。相信我，他们都爱你。他们在弥留之际的牵挂
是你。

理查德：（靠近她，把手轻轻放在她的肩上，然后指着墙
上的蜡笔画）你看到他微笑满面、英俊帅气的样子了吗？弥留
之际的牵挂！我记得他死的那晚。（停了一会儿后又继续平静
地说）我那时 14 岁。他把我叫到床边，他知道我想去剧院听
《卡门》，就让母亲给我一先令，我吻了他后就出门了。我回到
家他已经死了。就我所知，那些就是他最后的念想。

比阿特丽斯：你渴望的铁石心肠……（她打断他）

理查德：（没有理会）这就是我对他最后的记忆。里面有
一丁点甜蜜和高尚吗？

比阿特丽斯：罗恩先生，你脑海中有古怪作祟，所以你才这样说。自打三个月前你回来后，就有什么改变了你。

理查德：（再一次平静地，近乎愉悦地盯着那幅画）也许，他会帮到我，我面带笑容、英俊帅气的父亲。

（有人敲响左边的厅门。）

理查德：（突然地）不，不。贾斯蒂斯小姐，我需要的不是我微笑的父亲，而是已故的母亲。我需要她的精神支撑。我得走了。

比阿特丽斯：有人在敲门。他们已经回来了。

理查德：不是他们，柏莎有钥匙。是他。总之，我得走了，管他是谁。（迅速从左边走出去，又立刻折了回来，手里拿着草帽）

比阿特丽斯：他？谁呀？

理查德：哦，可能是罗伯特。我要从花园出去，我现在没法见他，就说我去邮局了。再见！

比阿特丽斯：（警觉起来）你不希望看见罗伯特？

理查德：（悄悄地）对，暂时不想见他。刚才的谈话让我有点心烦意乱。叫他等等。

比阿特丽斯：你会回来吧？

理查德：拜托。

（理查德迅速穿过花园走了出去。比阿特丽斯想要跟着他，但跟了几步又停住了。布里吉德从右边的折叠门进来，从左边出去了。随后传来大厅的门开启的声音。不一会儿，布里吉德和罗伯特·汉德一起进来了。这个中年壮汉三四十岁的样子，中等身材，胡子修得整洁又灵动，头发黑，眼睛黑，面色黄，步调慢，语调慢。罗伯特身穿一件深蓝色西装，手捧一大束攻瑰花。花束外面裹了一层包装纸。)

罗伯特：(朝比阿特丽斯走来，与她握手) 我最亲爱的表妹。布里吉德告诉我你来了。我都不知道，你给母亲发过电报了吗？

比阿特丽斯：(盯着他手中的玫瑰花) 没有。

罗伯特：(顺着她的目光) 你喜欢我这玫瑰花，我要将它送给这所房子的女主人。(挑剔地) 我还担心这花不好看。

布里吉德：哦，先生，花很漂亮！夫人一定很喜欢。

罗伯特：(随手将玫瑰花放在一把没人在意的椅子上) 没人在家吗？

布里吉德：有人在家。您先坐。他们马上就来。主人刚才还在。(看了比阿特丽斯一眼，略微行礼后从右边出去了)

罗伯特：(沉默了一会儿后) 你怎么样，贝蒂妹妹？约尔那边的人们怎么样？还那么无趣吗？

比阿特丽斯：我离开时他们还不错。

罗伯特：(礼貌地) 哦，不好意思，我不知道你来了。我真应该去车站接你。你为什么不提前说一声？贝蒂，你做事有时候怪怪的，不是吗？

比阿特丽斯：(同样礼貌的语气) 罗伯特，谢谢你。我习惯了一个人。

罗伯特：我知道，但是我的意思是……哦，好吧，你已经按自己独特的方式来了。(窗外传来吵杂声，一位男孩在叫"汉德先生"，罗伯特回过头) 天啊！阿奇也按他独特的方式回来了！

(阿奇从左边开着的窗户爬进屋，然后站起来，满脸通红，气喘吁吁。阿奇是一个 8 岁大的男孩，下身穿白色短裤，上身穿球衣，戴个帽子。他戴着一副眼镜，举止活泼，操着一口淡淡的外国口音。）

比阿特丽斯：（走向阿奇）我的天啊，阿奇！你这是干嘛了？

阿奇：（站起来，上气不接下气）啊！我一路跑过来的。

罗伯特：（微笑地伸出手）阿奇，晚上好。你干嘛要跑？

阿奇：（握手）晚上好。我们在有轨电车上看见你了，我大声喊"汉德先生"，但你没有看见我，不过我和妈妈都看见你了。她马上就到。我就先跑过来啦。

比阿特丽斯：（伸出手）你这孩子！

阿奇：（有点害羞地握手）晚上好，贾斯蒂斯小姐。

比阿特丽斯：上周五我没来给你上课，你失望吗？

阿奇：（望着她，微笑）没有。

比阿特丽斯：难道是高兴？

阿奇：（突然说）但是今天太晚了。

比阿特丽斯：少上一会儿？

阿奇：（高兴地）好。

比阿特丽斯：但是现在，阿奇，你必须学习。

罗伯特：你们刚才去海滨浴场了？

阿奇：嗯。

罗伯特：你现在游泳很棒了？

阿奇：（靠着沙发）没有，妈妈不让我到深水区去。汉德先生，你游泳厉害吗？

罗伯特：非常厉害。像块石头！

阿奇：（哈哈大笑）像块石头！（用手比一个朝下的动作）就这样沉下去？

罗伯特：（朝下的动作）对。朝下，直接朝下，用意大利语该怎么说？

阿奇：哪个？Giù（先朝下后朝上），朝下叫 Giù，朝上叫 Sù，你想跟我爸爸说话吗？

罗伯特：好，我去见见他。

阿奇：（正走向书房）我去告诉他。他正在里面写东西。

比阿特丽斯：（淡定地看着罗伯特）他不在，他带着几封信去邮局了。

罗伯特：（淡淡地）哦，那就算了。如果他只是去趟邮局，我就等他一下。

阿奇：但是妈妈正在路上了。（看向窗外）她来了！

（阿奇从左边的门跑出去。比阿特丽斯慢慢走向小桌。罗伯特仍然站着。短暂的沉默。阿奇和柏莎从左边的门进来。柏莎是位年轻女人，身材迷人。她有一双深灰色的双眼，一脸耐心的样子，五官柔和，待人接物热情而沉着。她穿着一件淡紫色的连衣裙，乳白色的手套握在遮阳伞的柄上。）

柏莎：（握手）晚上好，贾斯蒂斯小姐。我们以为你还在约尔。

比阿特丽斯：（握手）晚上好，罗恩太太。

柏莎：（鞠躬）晚上好，汉德先生。

罗伯特：（鞠躬）晚上好，夫人！想想，要不是在这里看见她了，我也不知道她回来了。

柏莎：（看着两人）你们不是一起来的吗？

比阿特丽斯：没有。我先来的，罗恩先生刚出去了。他说你随时会回来。

柏莎：不好意思。你要是写信或今早让姑娘带个口信的话……

比阿特丽斯：（紧张地笑起来）我也才到一个半小时。本来我想发个电报但是觉得太悲伤了。

柏莎：啊？你也刚到？

罗伯特：（温和地伸出胳膊）于公于私，我都该下岗了。作为她的大表哥，一个记者，我对她的动向一无所知。

比阿特丽斯：（没有直接回答他）我的动向可没啥意思。

罗伯特：（同样的语气）一位女士的动向总令人颇感兴趣。

柏莎：坐下来可好？一定累坏了吧？

比阿特丽斯：（迅速地）没有，一点也不累。我只是来给阿奇上课。

柏莎：贾斯蒂斯小姐，你大老远过来，我可不想听这些。

阿奇：（突然朝向比阿特丽斯）而且，你并没有带曲谱来。

比阿特丽斯：（有点疑惑）我忘记了，但是我们可以练习老曲子。

罗伯特：（捏阿奇的耳朵）你个淘气鬼，还想逃课。

柏莎：哦，别管上课了。现在你得坐下来，然后喝杯茶。（走向右边的门）我告诉布里吉德。

阿奇：我去吧，妈妈。（做出离开的动作）

比阿特丽斯：哦，不要，罗恩夫人，阿奇！我真的宁愿……

罗伯特：（安静地）我建议大家各让一步，上半节课吧。

柏莎：但是她一定累坏了。

比阿特丽斯：（迅速地）一点也不累，我在火车上的时候就想着上课的事。

罗伯特：（看向柏莎）您看看，这才是有良心的老师，罗恩太太。

阿奇：想着给我上课的事吗，贾斯蒂斯小姐？

比阿特丽斯：（轻松地）上次听到钢琴乐还是十天前了。

柏莎：哦，好吧，如果真是那样的话……

罗伯特：（紧张而快乐地）无论如何，让我们来听听钢琴乐。我知道此刻贝蒂的耳朵里响起了什么。（看着比阿特丽斯）我该说吗？

比阿特丽斯：如果你知道就说。

罗伯特：她父亲客厅飘出的小风琴旋律。（看着比阿特丽斯）承认吧。

比阿特丽斯：（微笑着）嗯。我能听到。

罗伯特：（严肃地）我也可以。那新教徒气喘吁吁的声音。

柏莎：贾斯蒂斯小姐，你在那边过得开心吗？

罗伯特：（插话）罗恩太太，她不开心。她去那里是退避。当时，她担心她老爸这个新教徒，她满是阴郁、严肃和仁义的气息。

比阿特丽斯：我去看我父亲。

罗伯特：（继续说）但是你知道她是回来看我母亲的。钢琴的魅力源于我们家。

柏莎：（犹豫地）那好，贾斯蒂斯小姐，你如果想弹点什么就弹……但不必因为阿奇而把自己弄得太累。

罗伯特：（温柔地）去吧，贝蒂。这正是你想要的。

比阿特丽斯：阿奇要来吗？

阿奇：（耸耸肩）来听。

比阿特丽斯：（牵着他的手）也上点课，就上一小会儿。

柏莎：那好，上完你得留下来喝茶。

比阿特丽斯：(看向阿奇)过来。

(比阿特丽斯和阿奇一起从左边的门出去。柏莎走向小桌，脱下帽子，将帽子和遮阳伞一起放在书桌上。然后她从一个小花瓶里拿出一把钥匙，打开小桌的抽屉并拿出一张纸条，然后再次关上。罗伯特站着看她。)

柏莎：(手里拿着纸条走向他)你昨晚把这个交给我。什么意思？

罗伯特：你不知道？

柏莎：(读纸条)有一句话我从来不敢对你说。什么话呢？

罗伯特：就是我深深爱恋着你。

(过了一会儿。楼上的房间传出钢琴乐。)

罗伯特：(从椅子上拿起玫瑰花)这是送给你的玫瑰花。你愿意收下吗？

柏莎：(抱起玫瑰花)谢谢你。(把花放在桌子上，再次打开纸条)你昨晚为什么不敢说出来？

罗伯特：我不能跟你说话，也不能跟着你。当时草坪上人太多了。我想让你认真考虑考虑，所以在你走的时候，我才把纸条交给你。

柏莎：现在你敢说了。

罗伯特：(慢慢把手从眼前划过)当时你走了。那条昏暗的街道透着朦胧的光线。我能看见深绿色的树丛，你从它们身旁走过，宛若一弯月亮。

柏莎：(哈哈哈)为什么像月亮？

罗伯特：你身着长裙，体态窈窕，步履轻缓。我看到月亮穿过幽暗，直到你走出我的视线。

柏莎：你昨晚想我了吗？

　　罗伯特：（走得更近）我一直都在想你——那遥不可及的美好——比如月亮或是悠扬的音乐。

　　柏莎：（微笑）那昨晚我像什么？

　　罗伯特：整整半个晚上，我都没睡着。我可以听见你的声音。我可以在黑暗中瞧见你的脸庞和你的双眼……我想和你说话。你会听我说吗？我可以说吗？

　　柏莎：（坐了下来）你说吧。

　　罗伯特：（在她旁边坐了下来）你嫌我烦吗？

　　柏莎：不烦。

　　罗伯特：我以为你烦我。你把我那可怜的花儿一下就放一边了。

　　柏莎：（从桌上拿起花，捧在脸前）你希望我这样？

　　罗伯特：（注视着她）你的脸也是一朵花儿，比花儿还美。一朵开在篱笆上的野花。（挪动椅子靠近她）你为什么笑？笑我说的话吗？

　　柏莎：（把花放在腿上）我在想你是否也对其他人这样说。

　　罗伯特：（惊讶）其他人？

　　柏莎：其他女人。我听说你有很多爱慕者。

　　罗伯特：（不情愿地）所以你也……？

　　柏莎：但是你的确有，没有吗？

　　罗伯特：没错，但只是朋友。

　　柏莎：你跟她们也是这样说话吗？

　　罗伯特：（用一种被冒犯的语气）你怎么可以问我这样的问题？你以为我是什么样的人？或者你为什么听我说这些？难道你不喜欢我那样跟你说话？

　　柏莎：你的话都很悦耳。（看了他一会儿）谢谢你能这样说和这样想。

罗伯特：（身子向前倾）柏莎！

柏莎：嗯？

罗伯特：我有资格直接叫你的名字。从前——九年前。那时我们是柏莎和罗伯特，我们现在不可以像从前一样吗？

柏莎：（平稳地）哦，可以，为什么不可以？

罗伯特：柏莎，你知道的。从你到达金斯顿码头的那晚起，我就想起了从前的一切。你不仅知道，你也看到了。

柏莎：不。不是那晚。

罗伯特：那是什么时候？

柏莎：我们到达那晚，我感觉又累又脏。（摇摇手）那晚我没觉得你在意我。

罗伯特：（微笑）告诉我那晚你看到了什么，你的第一印象。

柏莎：（皱眉）你背对舷梯而立，在和两位女士说话。

罗伯特：对，两个普通的中年妇女。

柏莎：我一眼就认出了你。我还看见你发福了。

罗伯特：（抓住她的手）这个臃肿可怜的罗伯特，你就这么讨厌他吗？你不相信他说的一切？

柏莎：我觉得男人对所有他们喜欢的和有好感的女人都那样说话。你想让我相信什么？

罗伯特：所有男人吗，柏莎？

柏莎：（突然悲伤）我觉得是。

罗伯特：我也是？

柏莎：对，罗伯特。我觉得你也是。

罗伯特：所有男人，就没有例外？或者有一个例外？（语气低沉）他也是吗——理查德——和我们所有男人都是一个德性？还是与众不同？

柏莎：（盯着他的眼睛）他与众不同。

罗伯特：你那么确定吗，柏莎？

柏莎：（有点困惑，想要抽回她的手）我已经回答你了。

罗伯特：（突然地）柏莎，我可以吻你的手吗？让我吻。可以吗？

柏莎：如你所愿吧。

（罗伯特慢慢拿起柏莎的手放在嘴边，她却突然站起来，听着什么。）

柏莎：你听到花园大门的声音了吗？

罗伯特：（也站了起来）没有。

（过了一会儿。楼上传来微弱的钢琴乐。）

罗伯特：（请求）不要离开。你现在可千万不能走。你的生活属于这里。我今天也正是为此而来，来跟他谈谈，劝说他接受这个职位。他必须接受。你还得说服他接受。你的话对他有很大的说服力。

柏莎：你想让他留在这儿。

罗伯特：是。

柏莎：为什么？

罗伯特：为了你好，因为去了外地你不会快乐。也为了他好，因为他也该想想自己的前途。

柏莎：（哈哈大笑）还记得你昨晚和他谈话时他说了什么吗？

罗伯特：关于……？（回忆中）嗯。谈到生计时他引用了《我们的父亲》。他说盘算未来就是摧毁世上的希望和爱情。

柏莎：你不觉得他奇怪吗？

罗伯特：那个样子，是奇怪。

柏莎：有点……疯狂？

罗伯特：（靠得更近）不。他可没疯。我们才疯了，为什么你……？

柏莎：（大笑）我问你是因为你聪明。

罗伯特：你一定不能离开，我也不会让你走。

柏莎：（全神贯注地看着他）你？

罗伯特：那双眼眸一定不能离开。（拿起她的手）我可以亲吻你的眼睛吗？

柏莎：吻吧！

（罗伯特亲吻着柏莎的眼睛，他的指尖穿过她的发丝。）

罗伯特：小柏莎！

柏莎：（微笑）可是我一点都不小。为什么要叫我小柏莎？

罗伯特：小柏莎！抱一个？（用手臂抱住她）

柏莎：（看着罗伯特）我看到你有很多小黄斑。

罗伯特：（高兴）一句话！给我个吻，用你的嘴。

柏莎：来吧。

罗伯特：我害怕。（用嘴吻她，手指在她的发丝间来回穿梭）我终于把你拥入怀中了！

柏莎：满意了吗？

罗伯特：让我感受下你的双唇触碰着我嘴唇的感觉。

柏莎：那样你就满意了？

罗伯特：（低语）柏莎，你的嘴唇！

柏莎：（闭上眼睛，迅速亲了他一下）好了。（把手放在他的肩上）你为什么不说"谢谢"？

罗伯特：（叹气）我的生命已经终结了，结束了。

柏莎：哦，罗伯特，现在可别这么说。

罗伯特：完了，完了。我想要结束它，我已经了结生命了。

柏莎：（稍微有点担心）你这个傻瓜！

罗伯特：（紧紧抱住她）把一切都了结，一死了之。从一个高高的悬崖向下坠落，正好跌落海里。

柏莎：罗伯特，求你别说了……

罗伯特：在我心爱女人的怀里听着音乐——大海、音乐、死亡。

柏莎：（看了他一会儿）你心爱的女人？

罗伯特：（匆忙地）我想单独和你说话，不在这儿。你会来吗？

柏莎：（眼神向下）我也想和你说说话。

罗伯特：（赶紧地）嗯，亲爱的，我知道。（又吻了她一次）我要和你谈情说爱，告诉你一切；然后，我要吻你，那会是一个持久的吻——就等你来找我——我就给你一个持久而香甜的吻。

柏莎：哪里？

罗伯特：（充满激情的口吻）你的双眼，你的双唇。吻遍你神圣的身体。

柏莎：（推开他的怀抱，满是疑惑）我是说你希望我去哪里见你。

罗伯特：来我家。不是我母亲那里。我会把地址写给你，你会来吗？

柏莎：什么时候？

罗伯特：今晚。八点至九点。来吧。今晚我会等你。每个晚上都等，你会来吗？

（罗伯特热烈地吻柏莎，双手抱着她的头。少顷，柏莎挣脱罗伯特的怀抱。他坐了下来。）

柏莎：（做聆听状）大门开了。

罗伯特：（急切地）我会等你。

（罗伯特把纸条从桌子上拿走。柏莎慢慢与他拉开距离。理查德从花园走了进来。）

理查德：（向前走，脱掉帽子）下午好。

罗伯特：（站起来，紧张问候）理查德，下午好。

柏莎：（从桌上拿起玫瑰花）看汉德先生送我的花多漂亮。

罗伯特：我还担心花儿开过头了。

理查德：（突然地）不好意思，我可以先离开一会儿吗？

（理查德转过身，很快走进书房。罗伯特从口袋里掏出一支铅笔，在纸上写了几笔，然后迅速交给柏莎。）

罗伯特：（迅速地）地址。在兰斯当坐有轨电车，然后在地址附近下车。

柏莎：（接过纸条）我什么都没答应。

罗伯特：我会等你。

（理查德从后面的书房出来了。）

柏莎：（离开）我得把这些花插在水里。

理查德：（把帽子递给她）嗯，去吧。帮我把帽子放在架子上。

柏莎：（接过帽子）你们俩聊聊。（四处环望）你们需要点什么？烟？

理查德：谢谢。我们这里有。

柏莎：那我可以走了？

（柏莎拿着帽子从左边走出去，把它放在大厅里，又立刻折回去；她在小桌旁停了一下，把纸条放在抽屉里锁了起来，放好钥匙，拿着玫瑰走向右边。罗伯特抢在柏莎前面为她开门，她侧身示意，然后走了出去。）

理查德：（指向右边挨着小桌子的椅子）请坐。

罗伯特：（坐下来）谢谢。（用手拨弄了下眉毛）天哪，今天天气多暖和！阳光刺得眼睛疼。这耀眼的光。

理查德：我觉得是因为百叶窗拉了下来，所以整个房间比较暗，但是如果你想……

罗伯特：（立刻说）没关系。我知道这是熬夜工作的原因。

理查德：（坐在长椅上）必须熬夜？

罗伯特：（叹气）嗯，对。我每晚得先看一点报纸，然后看我的头条文章。我们正面临一个艰难的时刻。不止是这方面。

理查德：（稍微停了一下）你有什么消息吗？

罗伯特：（用不同的声调）有呀。我想认真和你谈一谈。对你而言，今天可能是重要的一天，或者是今晚。今天早上我见到了副校长。理查德，他对你赞誉有加。他说他读过你的书。

理查德：他买的还是借的？

罗伯特：我希望是买的。

理查德：我得抽根烟。现在在都柏林已经卖了 37 本。（从桌上的盒子里拿出一根烟点燃）

罗伯特：（平和而无助）嗯，这桩事到此为止。你今天一直带着重重伪装。

理查德：（抽着烟）给我说说剩下的。

罗伯特：（再次严肃地）理查德，你太多疑了，这是你的缺点。他向我保证，像其他人那样，他对你评价也很高。他说你是那个职位的最佳人选。事实上，他告诉我，如果你的名字靠前些，他会竭尽全力在参议院里保举你。而我……当然会尽我的绵薄之力，在新闻宣传上和在私下里为你造势。我把这看成是我的工作义务。作为一个带着文艺气息的学者，浪漫文学主席这个职位就应该是你的。

理查德：条件呢？

罗伯特：条件？你指的是未来？

理查德：我指的是过去。

罗伯特：（放松状态）你过去的故事已被人遗忘。那只是一种冲动。我们都会冲动。

理查德：（盯着罗伯特）九年前，你管那叫愚蠢之举。你那时告诉我说，我是在作死。

罗伯特：我那时错了。（柔和地）现在问题是这样，理查德。所有人都知道许多年前你与一个小姑娘私奔了……我该怎么说呢？……和一个并不般配的小姑娘。（和善地）不好意思，理查德，这不是我的看法也不是我的原话。我现在只是在引用那些与我意见不一的人们所说的话。

理查德：事实上，你写了一篇头条新闻。

罗伯特：好吧，姑且这么说。那件事当时引起了巨大轰动。神秘失踪。作为你最好的伙计，就这么说吧，我也被牵入其中。当然，他们认为我的做法源于对友谊的错误认知。真是众所周知的一件事。（有些犹豫）但是后来发生什么就不得而知了。

理查德：不得而知？

罗伯特：当然不知道，理查德，这是你的私事。然而，你可不比从前年轻了。这话太像我头条文章的风格了，不是吗？

理查德：关于我的过去，你想还是不想我扯个谎呢？

罗伯特：我在想未来你在这里的生活。我理解你的骄傲和自由感。我也理解他们的看法。然而，有一个解决方法，很简单的方法。不论你听到什么关于你走后所发生的事……或子虚乌有的谣言，都不要去反驳。剩下的交给我。

理查德：你会平息这些谣言？

罗伯特：我会。上帝保佑。

理查德：（观察着罗伯特）为了社会习俗？

罗伯特：也为了其他——我们的友谊，我们天长地久的友情。

理查德：谢谢。

罗伯特：（有点委屈）我还是实话实说吧。

理查德：（微笑着点点头）好。请说。

罗伯特：不仅仅是为了你。同样也为了你现在的人生伴侣。

理查德：我懂了。

（理查德轻轻地在烟灰缸里捻灭香烟，然后向前倾身，慢慢地搓着双手。）

理查德：为什么为了她？

罗伯特：（也悄悄地向前倾身）理查德，一直以来你对她很公平吗？你会说这是她自己的选择。但是她真的有选择的自由吗？她是一个单纯的女孩。你提出的一切她都接受了。

理查德：（微笑）按照你的说辞，她提出了我不会接受的东西。

罗伯特：（点头）我记得。她和你一起私奔了。但那是她自己的选择吗？老实回答我。

理查德：（平静地转向罗伯特）我曾为了她违背你说的或能说的一切，我赢了。

罗伯特：（再次点头）是，你赢了。

理查德：（站起来）不好意思，我忘记了。你要来点威士忌吗？

罗伯特：等待的人总会得到一切。

（理查德走向餐具柜，拿来个放着酒瓶和玻璃杯的小托盘，走向桌子旁坐下来。）

理查德：（再次坐下来，向后靠着沙发）请自便，喝点吧？

罗伯特：（自己倒酒）你呢？肯定不要？（理查德摇了摇头）天啊，我想起很久以前我们一起度过的狂欢夜——一小时又一小时地畅聊、畅想、畅饮、畅玩……

理查德：在我们的房子里。

罗伯特：现在是我的了。我虽然不经常去，但我一直留着房子。你想来的时候就和我说。最好找个晚上的时间。我们又可以回到旧时光了。（举起酒杯，喝了一口）祝身体健康！

理查德：它不仅是座寻欢作乐的房子，那是新生活的壁炉。（沉思）那里代表了我们所犯下的罪恶。

罗伯特：罪恶！我喝酒和亵渎神明（用手指着）。你喝酒还有异端邪说，甚至更甚（又用手指着）——你指这些罪吗？

理查德：还有一些其他罪。

罗伯特：（稍微有些不安）你指女人。我的良心可没有懊悔过。不过你可能会有。这些事情上我们看法不同。（充满恶意）你懊悔过吗？

理查德：（恼怒）那对你来说一切就很正常吗？

罗伯特：对我来说，亲吻一个我喜欢的女人很正常。为什么不去吻呢？我觉得她很漂亮。

理查德：（玩弄沙发垫子）所有你觉得漂亮的东西你都会亲吗？

罗伯特：对，所有的东西，如果可以亲的话。（拿起桌子上的一块扁平石头）比如这块石头，如此冰凉、光滑、精致，就像女人的太阳穴。它安静地承受我们的激情，多美丽的石头呀。（把石头放在唇边）我之所以吻它是因为它很漂亮。而女人是什么？大自然的一件艺术品，就像一块石头、一朵花或一只鸟。送上一个吻是一种敬意。

理查德：亲吻是男人和女人之间的一种结合。即使美丽的感觉常常撩拨起我们的欲望，但你能说美丽就是我们想要的吗？

罗伯特：（把石头挨着额头）如果你让我今天想这个问题，我会很头疼。今天没法思考这个问题。我觉得对我来说太正常，太常见了。毕竟，在一个最漂亮的女人身上，什么才是最吸引人的呢？

理查德：什么？

罗伯特：不是她与其他女人相比所拥有的特质，而是她与其他女人都有的共性。我的意思是……最普通的。（翻转石头，用另一面贴着额头）我的意思是她的身体被挤压时如何产生热量，她血液的流动，她吃的食物如何快速消化，那种感觉难以形容。（笑）我今天很正常。也许你从来没有想到这个？

理查德：（讽刺地）与一个女人生活了九年，我还能萌生很多想法。

罗伯特：嗯。我认为他们是这样想的……这块漂亮的石头对我有用。这是镇纸还是治头痛的药？

理查德：柏莎有一天从海滨捡回来的。她也觉得漂亮。

罗伯特：（轻轻把石头放下）她说得没错。

（罗伯特举起酒杯喝酒。歇了一会儿。）

理查德：这就是你想对我说的全部？

罗伯特：（迅速地）还有其他事。副校长让我替他邀请你今晚去他家共进晚餐。你知道他住哪里吗？（理查德点头）我觉得你可能忘记了。当然，这是很私人的会面。他想再见你一面，他很热情地邀请你。

理查德：什么时候？

罗伯特：八点。但他和你一样，时间上很自由。理查德，现在你得过去了。我说完了。我觉得今晚将是你人生的转折点。你会在这里生活，在这里工作，在这里思考，在这里备受赞誉——在我们的人中。

理查德：（微笑）我几乎可以看到两个特使前往美国，为我百年之后的雕像去筹措资金了。

罗伯特：（愉快地）我曾经写过一首关于雕像的诙谐短诗。所有雕像都分为两种。（双手抱着放在胸前）一种是雕像上面写着"我该如何倒下"，另一种是（张开双臂和伸长右臂，转过头）雕像上写着"我这一生的粪堆堆得太高了"。

理查德：拜托，第二种适合我。

罗伯特：（慵懒地）可以给我一根长雪茄吗？

（理查德从桌子上的盒子里挑了一根维吉尼亚雪茄，递给罗伯特。那雪茄的烟丝都露出来了。）

罗伯特：（点燃了雪茄）这些雪茄把我欧洲化了。如果爱尔兰要革新，她首先要变成欧洲人。理查德，这就是你在这里的原因。将来某天，我们将不得不在英格兰和欧洲之间做选择。我是黑老外的后裔，这就是为什么我喜欢待在这里的原因，可能是因为孩子气。但在都柏林其他地方我可以买到这样的土匪雪茄或一杯黑咖啡吗？喝黑咖啡的人要征服爱尔兰。现在我要喝一半的威士忌，理查德，给你看看并没有什么不适。

理查德：（指向威士忌）自己倒。

罗伯特：（自己倒了）谢谢。（继续像之前一样喝酒）那时你懒洋洋地靠在长椅上，旁边是你孩子的声音还有柏莎。理查德，我可以那样叫她吗？我的意思是作为你们俩的老朋友，我可以吗？

理查德：哦，为什么不可以？

罗伯特：（充满活力地）你有强烈的愤怒，这种愤怒撕裂了斯威夫特的心。你从一个更高的世界坠落，理查德，当你发现生命中的懦弱和卑鄙时，你心中充满了强烈的愤怒。而我……我该告诉你吗？

理查德：一定得说。

罗伯特：（狡猾地）我已经从一个更底层的世界爬了上来，当我发现人们没有任何救赎的美德时，我心里满是诧异。

理查德：（突然坐起来，肘部靠在桌子上）你是我朋友，那后来呢？

罗伯特：（严肃地）你离开后，我也一直为你而努力。为带你回来而努力。我努力保住你在这里的地位。我仍然愿意为你而努力，因为我对你有信心，就像信徒相信他的主一样。我没办法再说下去了。可能对你来说很奇怪……给我根火柴。

理查德：（点燃火柴递给罗伯特）还有一种信仰比信徒对主的信心更奇怪。

罗伯特：那是？

理查德：主信任的教徒却背叛了他。

罗伯特：理查德，教会里的神学家根本没法说服你。但我认为你对人生看得太深。（站了起来，轻轻按住理查德的手臂）快乐点。人生不值得这样。

理查德：（没有站起来）你要走了吗？

罗伯特：得走了。（转身用友好的语气说话）那就定好了。我们今晚在副校长家见。我会在大约十点时顺道过去看看。所以你有一个小时左右可以自行安排。你会等到我来吗？

理查德：会。

罗伯特：再给我一根火柴。我心情不错。

（理查德划燃了另一个根火柴递给罗伯特。理查德也站了起来。阿奇从左边的门走进来，比阿特丽斯在后面跟着。）

罗伯特：贝蒂，恭喜我吧，我赢了理查德。

阿奇：（穿过屋子到右边的门，叫着）妈妈，贾斯蒂斯小姐要走了。

比阿特丽斯：祝贺你什么？

罗伯特：当然是一次胜利。（手轻轻放在理查德的肩膀上）阿奇博尔德·汉密尔顿·罗恩的后代已经回家了。

理查德：我不是汉密尔顿·罗恩的后代。

理查德：怎么回事？（柏莎从右边进来了，手里端着一盆玫瑰）

比阿特丽斯：罗恩先生已经……？

罗伯特：（转向柏莎）今晚理查德要去副校长家共进晚餐。

应该是吃肥美的小牛肉，我希望烤着吃。下次开会就会看到一个叫某某罗恩的后人坐在大学的椅子上了。（伸出手）下午好，理查德，晚上见。

理查德：（碰了他的手）在菲利皮。

比阿特丽斯：（也握了他的手）祝你一切顺利，罗恩先生。

理查德：谢谢。但是不要相信他。

罗伯特：（欢快地）相信我，相信我。（看着柏莎）下午好，罗恩太太。

柏莎：（真诚地握了手）我也谢谢你。（看向比阿特丽斯）贾斯蒂斯小姐，你不等着喝茶吗？

比阿特丽斯：不了，谢谢你。（准备离开）我得走了。下午好。再见，阿奇。（离开）

罗伯特：再会，阿奇博尔德。

阿奇：再会。

罗伯特：等等，贝蒂。我和你一起走。

比阿特丽斯：（从右边与柏莎一起走出去）哦，不用麻烦了。

罗伯特：（追上她）但是作为你的表哥，我坚持和你一起。

（柏莎、比阿特丽斯和罗伯特从左边的门出去了。理查德犹豫不决地站在桌子旁边。阿奇关上挨着通向大厅的门，走向理查德，扯他的袖子。）

阿奇：我说，爸爸！

理查德：（心不在焉地）什么？

阿奇：我想问你一件事。

理查德：（坐在沙发的一头，看着眼前的阿奇）什么事？

阿奇：你可以让妈妈允许我早上和送奶工一起出去吗？

理查德：和送奶工？

阿奇：嗯。在送奶车里，他说到了无人的道路时他让我驾车，那匹马是个非常乖的家伙。可以吗？

理查德：可以。

阿奇：你现在问妈妈我可以去吗？好吗？

理查德：（看向门那里）好。

阿奇：他说会带我去看看他田地里的奶牛。你知道他有多少头奶牛吗？

理查德：多少头？

阿奇：11头。8头红的，3头白的。但是现在有一头病了，不，不是病了，是感觉像病了。

理查德：奶牛吗？

阿奇：（比了个手势）啊！不是公牛。因为公牛不产奶。11头奶牛。它们应该可以产好多牛奶。为什么奶牛能产奶呢？

理查德：（拿起阿奇的手）谁知道呢？你知道给予一个东西是什么意思吗？

阿奇：给予？知道。

理查德：当你有一件东西，别人可以夺走它。

阿奇：被强盗夺走？不是吧？

理查德：但是当你把它给予别人的时候，你就把它献了出去。没有强盗可以把它夺走。（埋下头，把儿子的手贴到脸颊）当你给予的时候，这东西将永远是你的。它永远是你的。这才是给予。

阿奇：但是，爸爸？

理查德：嗯？

阿奇：但是强盗如何抢一头牛呢？每个人都会看见他。可能是在晚上吧。

理查德：对，在晚上。

阿奇：这儿也有强盗吗，就像罗马的强盗一样？

理查德：走到哪里都有穷人。

阿奇：他们都有左轮手枪吗？

理查德：没有。

阿奇：刀呢？他们有刀吗？

理查德：（坚定地）有，有。有刀和手枪。

阿奇：（转移注意力）现在问问妈妈吧。她来了。

理查德：（做出站起来的动作）我会问的。

阿奇：不要，爸爸，你就坐在那里。你等她过来的时候再问。我会走开去花园。

理查德：（再次向后靠去）嗯，去吧。

阿奇：（轻轻亲吻了理查德）谢谢。

（阿奇很快从后面通向花园的门跑开了。柏莎则从左边的门进来。她走向桌子，站在旁边，用手指拨弄玫瑰花瓣，看着理查德。）

理查德：（看着她）怎么样？

柏莎：（心不在焉地）嗯。他说他喜欢我。

理查德：（手衬着下巴）你让他看了他写的纸条了？

柏莎：嗯。我问他纸条是什么意思。

理查德：他怎么说的？

柏莎：他说我一定知道。我说我有一个想法。然后他告诉我他很喜欢我。说我漂亮，也就那些。

理查德：从何时起？！

柏莎：（再次心不在焉地）从何时起——什么意思？

理查德：他说他从什么时候开始喜欢你的？

柏莎：他说一直都喜欢。但自从我们回来之后，他就更喜欢我了。他说我穿着这条淡紫色连衣裙就像天上的月亮一样美。（正看着理查德）你和他说什么了吗——关于我的事？

理查德：（温和地）我们就说了些平常事，并没有说你。

柏莎：他很紧张，你看见了吗？

理查德：嗯，我看见了。还说了什么？

柏莎：他让我将手交给他。

理查德：（微笑着）嫁给他？

柏莎：（微笑着）不是，只是想牵我手。

理查德：牵了吗？

柏莎：嗯。（手中在扯花瓣）然后他抚摸我的手，然后问我是否可以吻一下。我答应了。

理查德：然后呢？

柏莎：然后他问是否可以抱我一下？哪怕就一次……然后就……

理查德：然后就什么？

柏莎：他将我拥入了怀中。

理查德：（盯着地板看了一会儿，然后再看向她）后面呢？

柏莎：他说我有一双美丽的眼睛。然后他问我是否可以亲一下。（比了个手势）我就说亲吧。

理查德：他亲了？

柏莎：是。亲了一只然后亲另一只。（突然中断了）告诉我，迪克，这一切你介意吗？因为我告诉过你我不想这样。我以为你只是假装不介意。我不介意。

理查德：（安静地）亲爱的，我知道。但是我和你一样想弄明白，他到底对你是什么意思或什么感觉。

柏莎：（指向他）记住，是你允许我继续的。从一开始我就把一切都告诉你了。

理查德：（像以前一样）亲爱的，我知道……那然后呢？

柏莎：他要求吻我。我就说吻吧。

理查德：然后呢？

柏莎：（手中捏住一把花瓣）他吻了我。

理查德：吻你的嘴唇？

柏莎：吻了一两次。

理查德：吻了很久？

柏莎：很久。（回忆中）嗯，最后一次很长。

理查德：（慢慢地搓自己的手，然后继续说）用他的嘴唇？或……其他方式？

柏莎：嗯，最后一次就是用嘴唇。

理查德：他让你吻他了吗？

柏莎：是。

理查德：你吻了？

柏莎：（犹豫着，然后两眼直直地望着他）吻了，我吻了他。

理查德：怎么吻的？

柏莎：（耸耸肩）哦，就单纯地吻。

理查德：你当时激动吗？

柏莎：这个嘛，你可以想象得到。（突然皱起眉头）不是特别激动。他嘴唇不好看……当然，我还是激动。但是，迪克，不像和你接吻那样激动。

理查德：他兴奋吗？

柏莎：兴奋吗？我觉得他很兴奋。不过他当时叹气了，真是紧张极了。

理查德：（再次用手撑着前额）我懂了。

柏莎：（走过沙发站在他旁边）你嫉妒吗？

理查德：（一如往常）不。

柏莎：（安静地）迪克，你嫉妒。

理查德：我不嫉妒。嫉妒什么？

柏莎：因为他吻了我。

理查德：（抬起头）仅此而已？

柏莎：嗯，完了。此外，他问我是否会去见他。

理查德：去外面的某个地方？

柏莎：不是。去他家。

理查德：（惊讶）去他家？他和母亲同住的那个家？

柏莎：不，是他自己的房子。他给我写了地址。

（柏莎走到桌子前，从花瓶里拿出钥匙，打开抽屉，拿着纸条回到理查德旁边。）

理查德：（自言自语）我们的小屋。

柏莎：（递给他纸条）这里。

理查德：（读纸条）嗯。我们的小屋。

柏莎：你们的……？

理查德：不，是他的。我称为我们的。（看着她）我多次和你说起这个小屋——有两把钥匙，他和我各一把。现在是他的了。很多个夜晚，我们都曾在那里狂欢；那个时候我们聊天、喝酒、畅想；真是狂放不羁的夜晚；没错，他和我一起。（将纸条扔在沙发上，突然站起来）有时就我独自一个人。（盯着她）但一点也不孤独。我告诉过你，还记得吗？

柏莎：（震惊）那个地方？

理查德：（走开几步，然后停下来，托着下巴）嗯。

柏莎：（再次捡起纸条）在哪里？

理查德：你不知道？

柏莎：他告诉我在兰斯当路坐电车，然后告诉师傅让我在这里下。这是个……不好的地方？

理查德：哦，不是，一个小屋而已。（返回来在沙发上坐了下来）你怎么回应他的？

柏莎：没答应。他说他会等。

理查德：今晚？

柏莎：他说每晚。八点到九点间。

理查德：今晚这个时候我也要去拜访一位教授。这是我盼望的一次约定。（看着她）今晚的拜访就是他安排的——八点到九点。奇怪吧？时间一样。

柏莎：非常奇怪。

理查德：他问过你我有任何怀疑吗？

柏莎：没有。

理查德：他提过我的名字吗？

柏莎：没有。

理查德：一次也没有？

柏莎：我记得没有。

理查德：（跳了起来）嗯，好！太好啦！

柏莎：什么？

理查德：（大步来回）骗子！小偷！傻子！太好啦！一个普通的小偷！还有什么？（一声坏笑）我伟大的朋友！还是个爱国者！还有什么，他就是个贼！（停下来，把手插进口袋）

还是个傻子！

　　柏莎：（看着他）你要做什么？

　　理查德：（短暂地）跟着他。找到他。告诉他。（冷静地）几句话就行，这个小偷和傻子！

　　柏莎：（把枝条甩在沙发上）我全明白了！

　　理查德：（正在转身）啊！

　　柏莎：（激烈地）一个魔鬼的杰作。

　　理查德：他？

　　柏莎：（转向他）不，是你！魔鬼的杰作，让他背叛我，正如你试图让我的孩子跟我对着干一样。只是你没有成功。

　　理查德：怎么可能？上帝作证，怎么可能？

　　柏莎：（激动地）是这样的，是这样的。我说的事情，每个人都看到了。每当我为一些琐事教育他的时候，你就继续犯蠢，对他说话的样子就好像他是个成年男人一样。你是在毁掉这可怜的孩子，或者想要毁掉他。当然，这么一来，我却是个残忍的母亲，只有你爱他。（越来越激动）但是你没得逞，让他与我对着干，与自己母亲对着干，为什么？因为他内心的大部分天性使然。

　　理查德：柏莎，我从没想过这样做。你知道我对孩子并不严苛。

　　柏莎：因为你从来没有爱过你自己的母亲。不管怎样，母亲终究是母亲。除了你之外，我从来没有听说过哪个人不爱那个把自己带到人世的母亲。

　　理查德：（静静地靠近她）柏莎，不要说这些你会后悔的话，儿子喜欢我，你难道不高兴吗？

　　柏莎：是谁教他的？是谁教他跑着去迎接你的？当你在雨

中散步，全然忘记他和我时，是谁告诉他你会给他带玩具回家的？是我！是我教他去爱你。

理查德：对，亲爱的。我知道是你。

柏莎：（几乎快哭了）然后你却让所有人都与我对着干。我做的一切都是为了你。除了你以外，我要对每个人都表现得虚伪和残忍。因为你利用了我的单纯——就像你第一次那样。

理查德：（怒不可遏）你敢对我说这样的话？

柏莎：（正对着他）是的，我敢！那时敢，现在也敢。因为我单纯，所以你觉得可以为所欲为地对待我。（比划着）现在去追他，喊他的名字。让他在你面前卑微，让他看不起我。去追他！

理查德：（控制着自己的怒火）你忘记我已经给了你绝对的自由，现在也是一样。

柏莎：（讽刺地）自由！

理查德：是的，绝对自由。但他必须知道我已知晓他的勾当。（更加平静了）我要跟他悄悄说。（用请求的语气）柏莎，相信我，亲爱的！这不是嫉妒。你完全可以自由地做你想做的事——和他一起。但不是以这种方式。他不会看不起你。你不想和他一起欺骗我或者假装欺骗我，对吧？

柏莎：对，我不会。（全神贯注地看着他）我俩到底谁才是骗子呢？

理查德：我们？你和我？

柏莎：（用一种平静坚决的语气）我知道你为什么给我你所谓的绝对自由了。

理查德：为什么？

柏莎：为了能自由自在地——和那个女孩儿在一起。

理查德:（恼羞成怒地）但是，我的天，这个你知道很久了。我从没有隐瞒过。

柏莎:你有。以前我以为你们之间仅是友谊——直到我们回来。后来我看见了。

理查德:柏莎，确实只是友谊。

柏莎:（摇了摇头）不，不。不仅仅是友谊。这就是为什么你会给我完全的自由。你大半夜坐在那儿写的所有东西（指着书房）——关于她的所有内容。你管那叫友谊吗？

理查德:柏莎，相信我，亲爱的。相信我就像我相信你一样。

柏莎:（做了一个冲动的动作）我的天，我感受得到！我就知道！你们之间不是爱还能是什么？

理查德:（平静地）你想把这个想法灌输给我，但我警告你，我从不听取别人的想法。

柏莎:（激烈地）就是这样，就是这样。这就是为什么你愿意让他继续。当然了！这对你没有影响。你爱她。

理查德:爱！（叹声气，甩开手，走开了）我不想和你吵。

柏莎:你不想和我吵是因为我说得对。（跟了他几步）其他人会怎么说？

理查德:（转向她）你以为我在乎？

柏莎:但我在乎。如果他知道了他会怎么说？而你，对我说了那么多奉承的话，却以同样的方式向另外一个女人献殷勤。如果他那样做，或者其他男人，我能理解，因为他们都是伪君子。但是你，迪克！你那时为什么不告诉他？

理查德:你愿意的话可以告诉他。

柏莎:我会。我肯定会。

理查德：（冷静地）他会向你解释的。

柏莎：他不会说一套做一套。他会用自己的方式展现出他的真诚。

理查德：（摘一朵玫瑰扔在她脚下）他的确是那样！高贵的灵魂！

柏莎：随便你怎么取笑他。我比你更能理解那件事。所以他也会理解。你给她写那些长长的信，她也给你写。这么多年了。但自从回来后我才懂了——真的懂了。

理查德：你不理解。他也不会理解。

柏莎：（轻蔑地笑了起来）当然。我和他都不理解。只有她能理解。因为这是如此深奥的东西！

理查德：（生气地）你或他都不懂，她也不懂！你们都不懂。

柏莎：（很痛苦地）她会理解！她会理解的！那个有病的女人！

（柏莎转过身来，走到右边的小桌子。理查德克制住一个突然的动作。短暂的停顿。）

理查德：（严肃地）柏莎，注意你说出的话！

柏莎：（兴奋地转过身）我没有任何恶意！我比你更懂她，因为我是女人。真的，我懂她。但我说的是真的。

理查德：这是有雅量的表现吗？想想。

柏莎：（指向花园）是她欺人太甚，现在记住我说的。

理查德：什么？

柏莎：（朝理查德走近一点，语气平和）迪克，你已经给那个女人很多了。她可能值得你这么做。她可能也懂这一切。我知道她是那种人。

理查德：你那样认为？

柏莎：我确实这样觉得。但是我觉得你从她那里得不到什么——或者从她的家族得不到什么。迪克，记住我的话。因为她并不大方，他们家也不大方。我都说错了吗？错了吗？

理查德：（忧郁地）没有。有些你说对了。

（柏莎弯腰从地上捡起玫瑰，又把它插在花瓶里。理查德看着柏莎。布里吉德从右边的折叠门走出来。）

布里吉德：夫人，茶泡好了，在桌上。

柏莎：很好。

布里吉德：阿奇小少爷在花园里吗？

柏莎：嗯。叫他进来。

（布里吉德穿过房间，走向花园。柏莎朝右边的门走去。在沙发那里她停下脚步，拿起纸条。）

布里吉德：（到花园里）阿奇少爷！进来喝茶了。

柏莎：我要去这个地方吗？

理查德：你想去吗？

柏莎：我想知道他到底是什么意思，我要去吗？

理查德：为什么问我？自己决定。

柏莎：你让我去？

理查德：不管。

柏莎：你不要我去？

理查德：不管。

布里吉德：（从花园走进来）阿奇少爷，快点来。你的茶已经好了。

（布里吉德穿过房间，从折叠门出去。柏莎把纸条折叠起来塞进裙子的腰缝里，慢慢地向右边走去。靠近门口时她转身，停了下来。）

柏莎：你说不让我去我就不去。

理查德：（没有看她）自己看着办。

柏莎：那到时候你会怪我吗？

理查德：（激动地）不会，怎么会！我不会怪你。你是自由的，我不能怪你。

（阿奇出现在花园门那里。）

柏莎：我不是试探你。

（柏莎走出折叠门。理查德依然站在桌子旁。母亲走后，阿奇跑向了理查德。）

阿奇：（迅速地）嗯，你问她了吗？

理查德：（吃惊）问什么？

阿奇：我可以去吗？

理查德：可以。

阿奇：早上去？她说可以？

理查德：嗯。可以早上去。

（理查德把手放在儿子的肩膀上，温柔地看着他。）

第二幕

（位于拉尼拉的罗伯特·汉德小屋的一个房间里。右前方是一架黑色小钢琴，在支架上放着一本打开着的琴谱。再往后是一扇通往街道的门。后墙有通向卧室的折叠门，门上挂着黑色窗帘。钢琴旁放着一张大桌子，桌上有一盏高脚油灯，散发着一道宽宽的黄色光影。软包过的椅子摆放在桌子四周。再向前是一张小牌桌。书架靠着后墙。左墙后部有一扇窗可以看到花园，前部有一扇门和连廊通往花园，到处都摆放着安乐椅。垂着帘子的折叠门和连廊边放着植物。墙上有许多镶框的黑色和白色设计图。右后角落里放着一个柜子；屋子中央，桌子左侧放着一堆东西，有竖放着的土耳其管，熄灭着的缺油火炉，还有一把摇椅。时间是同一天晚上。）

（罗伯特·汉德身穿晚礼服，坐在钢琴前。蜡烛还没点燃，但桌上的油灯亮着。他轻轻地用低音弹奏《唐怀瑟》最后一幕里沃尔夫拉姆歌曲的上半首。他突然停了下来，把手肘放在键盘的边缘上，开始沉思。然后他站起来，从钢琴背后拿出一个压气筒，在房间里到处喷洒空气清新剂。他慢慢吸气，随后将压气筒放回到钢琴后面。他坐在桌子旁的椅子上，认真梳理自己的头发，然后叹了一两次气。之后，他把手伸到裤子口袋里，向后靠了靠，伸出双腿，静静等待。听见有人在敲大门，他赶忙站了起来。）

罗伯特：（大声叫道）柏莎！

（罗伯特慌忙从右边的门出去，听见一声很含糊的问候。几分钟后，罗伯特进了屋，后面跟着理查德·罗恩。理查德还是穿着先前的灰色花呢衣服，但是一只手里拿着黑毡帽，另一只手拿着雨伞。）

罗伯特：先让我把这些放在外面。（拿走帽子和雨伞，把它们放在大厅里然后返回）

罗伯特：（拉过一把椅子）你来了。你能在这儿找到我真是幸运。你今天为什么不告诉我？你这家伙总会让人大吃一惊。我想我对过去的回忆对你这种粗野的人来说太过了。看我多文艺。(指着墙上)钢琴是在你来过后新添的。你来时我正在弹奏瓦格纳的乐曲。消磨时间嘛。你看我已经准备好争论了。(大笑)我只是想知道你和副校长谈得怎么样了。(夸张地警惕起来)但是你要穿那件衣服去吗?哦,好,我想,也没关系。但是几点了?(看了看手表)我宣布,已经八点二十分了。

理查德:你有约会?

罗伯特:(紧张地笑起来)还是那么多疑!

理查德:那我可以坐下来了吗?

罗伯特:当然,当然可以。(他们都坐了下来)不管怎样,坐一会儿。然后我们两个可以一起过去。我们时间充足。他说晚上八点到九点,不是吗?我想知道现在几点了。(准备再看看手表,然后停下来)嗯,八点二十分了。

理查德:(疲惫又悲伤地)你约会的时间也是这会儿。就在这里。

罗伯特:什么约会?

理查德:和柏莎的约会。

罗伯特:(盯着他)你生气了?

理查德:对吗?

罗伯特:(停了好一会儿)谁告诉你的?

理查德:她。

(短暂的沉默。)

罗伯特:(声音低沉)是的。我一定是疯了。(急切地)理查德,听我说。你来了对我是一种解脱,莫大的解脱。我向你保证,从今天下午,我一直在想我如何才能取消这次约会而又不让自己看起来像个傻瓜。莫大的解脱呀!我甚至想捎信过去……写一封信,就几行字。(突然)但还是太迟了……(把手放在额头上）我如实告诉你，通通告诉你。

理查德：我全都知道。我知道有一段时间了。

罗伯特：从什么时候？

理查德：从你们之间一开始的时候。

罗伯特：（再一次急切地）是的，我是疯了。但这只是犯浑了。我承认今晚让她来这里是个错误。我可以向你解释一切。真的。我会解释的。

理查德：给我说说那些你想说但又不敢对她说出口的话。如果你可以或愿意的话。

罗伯特：（埋下头，又抬起来）嗯。好。我一直非常欣赏……你……你妻子的性格。就是这句话。我可以说出来。毫无隐藏。

理查德：那为什么想要悄悄地追求她？

罗伯特：追求？

理查德：你一步一步、一点一点、一天一天地靠近她，注视她，与她私语。（手做出紧张的动作）总而言之，就是追求她。

罗伯特：（困惑不解）但是你怎么知道这些的？

理查德：她告诉我的。

罗伯特：今天下午？

理查德：不是。是一次一次告诉我的，每当事情发生的时候。

罗伯特：你以前就知道？从她那儿？（理查德点头）你一直在监视我们？

理查德：（冷冷地）我一直在监视你。

罗伯特：（迅速地）我知道了，你是监视我。但你从没有说起过！你原本只需要说句话——就可以让我自我救赎。你在试探我。（再次把手放在额头上）这本就是一场可怕的审判了，现在也是。（绝望地）好，已经过去了。这件事就我整个一生而言算是给我上了一课。你现在恨我所做的一切和……

理查德：（静静地看着罗伯特）我说我恨你了吗？

罗伯特：你不恨？你一定恨。

理查德：即使柏莎不告诉我，我应该也知道。你没有发现今天下午我突然走进书房待了一会儿吗？

罗伯特：你待了会儿。我记得。

理查德：就是为了给你时间回回神。看你的双眼让我觉得伤感。看见那些玫瑰也是。我也说不清为什么。一大把开过头的玫瑰。

罗伯特：我觉得我必须送这些玫瑰。奇怪吗？（看着理查德，神情煎熬）也许，花太多了吧？或太老太俗了？

理查德：这也是为什么我不恨你的原因。所有的一切让我瞬间觉得太伤感。

罗伯特：（朝向理查德）千真万确。这件事正发生在我们身上。

（罗伯特在理查德面前默默地凝视了一会儿，一副恍惚的样子，然后没有转过头，继续说。）

罗伯特：她也一样在试探我，为了让你拿我做实验！

理查德：你比我懂女人。她说她为你感到可怜。

罗伯特：（沉思中）可怜我，因为我不再是个……理想的爱人。就像我的玫瑰。又俗又老。

理查德：就像所有男人一样，有一颗愚蠢的浪子之心。

罗伯特：（缓慢地）好，最终你还是说出口了。你说得正是时候。

理查德：（向前倾身）罗伯特，别这样。为了咱俩，别这样。多年甚至一生的友谊。想想吧。从我们小时候，孩童时代……不，不。别这样——就像在夜里——做贼一样。（望了望罗伯特）在这样一个地方。不，罗伯特，像我们这样的人不该这样。

罗伯特：多么深刻的一课！理查德，我无法告诉你，你说把话说出来对我是怎样一种解脱，危险已过去了。是的，是的。（有些冷漠地）因为……对你也有一些危险，你想想看，有没有？

理查德：什么危险？

罗伯特：（同样的语气）我不知道。我的意思是如果你没有说。如果你一直观察和等到……

罗伯特：（勇敢地）等到我已经越来越喜欢她，（因为我可以向你保证那只是我无知的想法）深深地喜欢她，爱恋她。到那时，你还会对我说出刚才的话吗？（理查德沉默，罗伯特更放开了说）到那会儿情况可能就不同了，不是吗？到那时再说可能已经太迟了，而现在还为时不晚。那时我还能说什么呢？到那时我可能只会说"你是我的朋友，我亲爱的好朋友。我很抱歉，但是我爱她。（突然一个狂热的比划）我爱她，我会把她从你身边抢走。我会这么做，因为我爱她"。

（他们看着彼此，沉默了一会儿。）

理查德：（平静地）我经常听到这样的话，不过从不相信。你想靠悄悄地偷还是靠暴力抢？在我的房子里你可偷不成，因为门是开着的；如果我不反抗的话，你也就抢不成。

罗伯特：你忘了天堂之国也要遭受暴力，天堂之国就像一个女人。

理查德：（微笑着）继续。

罗伯特：（冷漠但却大胆）你认为你有权利占有她——占有她的心吗？

理查德：没有。

罗伯特：就凭你为她做过什么？做过很多！你无话可说？

理查德：没有。

罗伯特：（顿了一会儿，用手拍打额头）我在说什么？或者我在想什么？我希望你会训斥我、诅咒我、讨厌我，我活该。你爱这个女人。我记得很久以前你告诉过我。她是你的，你的艺术品。（突然地）这就是为什么我也被她吸引住了。你是那么强大，甚至通过她来吸引我。

理查德：我很脆弱。

罗伯特：（带有热情地）你，理查德！你可是力量的化身。

理查德：（伸出手）感受一下我的双手。

罗伯特：（抓住理查德的双手）嗯。我的手更有力。但我的意思是你有另外一种力量。

理查德：（忧郁地）我觉得你可能会强行夺走她。（慢慢缩回自己的手）

罗伯特：（迅速地）热切迷恋一个女人的时候，我们毫无理智。我们对一切都视而不见。我们对一切都不假思索。只想把她占为己有。我管这叫残忍，叫兽性。你呢？

理查德：（有点胆怯地）恐怕对女人的占有欲并不是爱。

罗伯特：（不耐烦地）世界上没有哪个男人不渴望占有——我指在肉体上占有——他心爱的女人。这是自然定律。

理查德：（轻蔑地）对我而言呢？我也这样？

罗伯特：但是如果你爱了……还有什么？

理查德：（犹豫地）还有希望她安好。

罗伯特：（温和地）但是想要占有她的冲动日夜煎熬着我们。这份冲动你我皆有。所以不像你说的这般云淡风轻。

理查德：你……？（顿了一会儿）你就那么肯定你的头脑能想她所想，你的身体能感她所感吗？你能肯定吗？

罗伯特：你能吗？

理查德：（移动了几步）我曾经能，罗伯特，就像我能清楚地肯定我自己的存在一样——或许这只是一种清晰的错觉。

罗伯特：（谨慎地）现在呢？

理查德：如果你也有过这种感受，我能感觉得到——即使是现在……

罗伯特：你会怎么做？

理查德：（安静地）离开。对她重要的人是你，不是我。独身一人，就如同我遇见她之前。

罗伯特：（紧张地搓双手）我良心有点过意不去！

理查德：（心不在焉地）你今天下午来我家见过我儿子。他告诉我了。你什么感觉？

罗伯特：（赶忙地）不错。

理查德：就没了？

罗伯特：没了。除非我同时在想两件事。我就是这样。如果我最好的朋友躺在棺材里，脸上挂着一副滑稽的表情，我应该会笑。（有点绝望的样子）我就是这样。但我也会痛苦难过，深深地。

理查德：你谈良心……他对你来说仅仅是个孩子——还是说是个天使呢？

罗伯特：(摇头)不。既不是天使也不是盎格鲁-撒克逊人。两码事，顺便告诉你，我对这两者都不怜惜。

理查德：从来没有过？即使……对她？给我说说。我想知道。

罗伯特：我觉得我心里不这么想。我坚信，当大限之日来临(如果有这么一天的话)，当我们一起在上帝面前，万能的神也会这样对我们说。我们也会说我们很忠贞，只与一个异性生活过……

理查德：(苦涩地)对上帝撒谎？

罗伯特：或者我们尝试过。他会对我们说："傻瓜们！谁告诉你们只能将自己交予一人？你们生来就可以自由去爱。我用手指在你们的心口上写下了这一定律。"

理查德：在女人的心口上也是？

罗伯特：嗯。我们可以封锁我们深切感知的情感吗？我们应该封锁吗？她应该吗？

理查德：我们正在讨论的是身体上的结合。

罗伯特：男女之情必然产生身体结合。我们总想身体结合，这是因为我们的思想被扭曲了。今天，对我们而言，身体结合并没什么结果，它只不过是另外一种形式的接触——除接吻之外。

理查德：如果没有结果，那你为什么还不到黄河心不死？今晚你为什么要等？

罗伯特：激情往往会马不停蹄，但是信不信由你，我都没有想过——走到那一步。

理查德：你想的话，就走到那一步吧。我不会用手中的那世界给予我的力量去对付你。如果上帝在我们心口上写下的就是你所说的定律，那我也是上帝所造之物，我也具备这一特点。

（理查德起身来来回回走了几步，沉默了一会儿，然后向前走向门廊那里，靠着侧柱。罗伯特看着他。）

罗伯特：在我心里，从别人身上，我一直都感受得到。

理查德：（心不在焉地）嗯？

罗伯特：（做了个模糊的手势）对于所有人来说，一个女人也有权利去尝试和许多男人在一起，直到她找到爱情。一种伤风败俗的想法，不是吗？我想写本关于这方面内容的书，开始……

理查德：（同上）嗯？

罗伯特：因为我认识一个女人，在我看来，她现在正是这样——在生活中践行这一想法。我对她很感兴趣。

理查德：什么时候的事？

罗伯特：哦，有一段时间了。那时你不在。

（理查德猛地离开自己的座位，再次来回踱步。）

罗伯特：你看，我比你想的还要诚实。

理查德：我希望你现在没有想她——无论她过去是谁，现在是谁。

罗伯特：（轻松地）她一直是一位股票经纪人的妻子。

理查德：（转过身）你认识他？

罗伯特：很熟。

（理查德再次在同一个位置坐下来，向前倾，双手衬着头。）

罗伯特：（把椅子挪得更近点）我可以问你个问题吗？

理查德：你问。

罗伯特：（有几分犹豫）这些年在你身上发生过这事吗——我指你离开她，可能，或者去旅行——背叛她和其他女人在一起吗？背叛她，我是说，非爱情层面的。我指……肉体上，曾经有过吗？

理查德：有过。

罗伯特：你做了什么？

理查德：（同上）我记得第一次。我回到家已是晚上了。家里寂静无声。我的小儿子正在小床上睡觉。她也在睡觉。我把她叫醒后告诉了她。我在她床边哭泣，我伤透了她的心。

罗伯特：哦，理查德，你为什么要那样做？

理查德：背叛她这件事？

罗伯特：不是，是告诉她，把她叫醒告诉她这件事。你伤透了她的心。

理查德：她得像我一样了解我。

罗伯特：但那不是你现在的样子。只是一瞬间的软弱。

理查德：（沉思中）我那时用内疚点燃了她的纯真之焰。

罗伯特：（唐突地）哦，不要谈什么内疚和无知。你让她变成了现在的样子。至少在我看来，她有的性格奇怪又奇妙。

理查德：（沉重地）或许我害了她。

罗伯特：害了她？

理查德：她灵魂的纯洁。

罗伯特：（不耐烦地）好了！如果没有你，她会是什么样？

理查德：我尝试过给她新生活。

罗伯特：你是给了。富有的新生活。

理查德：这足以让我拿走她的——她的少女时代、她的笑声、她的美貌、她那颗稚嫩的心灵所怀揣的希望？

罗伯特：（坚定地）嗯。很值得。（看着理查德，沉默了一会儿）要是你曾经忽视了她，生活放荡，把她带到这么远的地方，现在只会让她受罪……

（罗伯特停下来。理查德举起手并看着罗伯特。）

理查德：要是我？

罗伯特：（有点不解）你知道有关你在国外生活放荡的谣言。罗马有一些人认识你或见过你或听说过你。都是些虚假谣言。

理查德：（冷漠地）继续。

罗伯特：（有点阴险地笑）我曾经甚至认为她是受害者。（顺畅地）当然，理查德，我觉得你是也知道你是一个很有才情的男人——有某种天赋之外的东西。在我看来，那是你的一个正当理由。

理查德：你曾想过也许就是现在此刻这样，我一直在忽视她？（紧张地拍掌，向前靠近罗伯特）我可能还是无动于衷。她最终可能会顺从你——完完全全或者屡次三番地顺从你。

罗伯特：（立马向后退）我亲爱的理查德，我亲爱的朋友，我向你发誓我不会让你遭罪。

理查德：（继续）你可能完全知道这东西。它有一百种模样，令人不安。它就是被某个古老的神学家邓斯·司各脱称为"精神之死"的东西。

罗伯特：（热切地）死亡，不，断言！死亡！生命中最崇高的时刻，从这里一切新生命的诞生。死亡是大自然自身的永恒定律。

理查德：那条自然定律被你称为"变化"。当你背叛她和背叛我时，当她的美丽（在你看来她现在很美）让你厌烦时，当我对你的感情看似虚伪可憎时，会有怎样的变化呢？

罗伯特：那永远不可能。不可能。

理查德：因为了解我或出卖我俩，所以你甚至都会背叛你自己？

罗伯特：（严肃地）理查德，永远不会。相信我。

理查德：（轻蔑地）我根本不关心这个可不可能，因为还有我更害怕的事。

罗伯特：（摇头）你害怕？理查德，我不相信。自打儿时起，我就对你的想法一清二楚。你根本不知道什么是敬畏道德。

理查德：（把手放在罗伯特的胳膊上）听着。她死了。她躺在我的床上。我看着她的躯体，那具我不止一次无情背叛过的躯体。当然也是我爱过和为之哭过的躯体。我知道她的身体一直都是我忠诚的奴隶。她的身体仅给过我，只给过我……（突然停下来，转身，默默不语。）

罗伯特：（柔和地）理查德，别难过。没有必要。她无论是身体上还是心灵上都对你都无比忠贞。为什么要害怕呢？

理查德：（转向罗伯特，近乎狂野地）不是那种害怕。而是我会责怪自己，因为我为了自己拿走了一切，因为我没法容忍她把以前属于自己的和不属于我的给其他人，因为我接受了她的忠诚，我却让她更缺宠爱。那才是我害怕的。我夹在她和本该属于她的生活中间，她和你中间，她和其他人中间，她和所有事中间。我不会这样做。我不能也不会。我不敢。

（理查德向后靠在椅子上屏住呼吸，两眼发光。罗伯特站起来，站在椅子和理查德中间的位置。）

罗伯特：理查德，听着。我们在这里所说的一切也只是说说，让过去过去吧。

理查德：（快速且尖锐地）等等。还有一件事，因为你现在也必须像我一样了解我。

罗伯特：还有？还有什么？

理查德：我告诉过你，今天下午看见你的眼睛时我觉得忧伤不已。我觉得是你的人性和迷惑在童年时把我们团结在一起。（半转身面对着罗伯特）那个时候我觉得过去我们的整个人生都在一起，我当时还想揽住你脖子。

罗伯特：（深深地，突然被触动）理查德，你很高尚。原谅我这样。

理查德：（自我挣扎）我告诉过你，我不希望你背着我做任何虚伪和不光明的事——背叛我们的友谊，背叛她。罗伯特，我的朋友，我不希望你狡猾地、卑鄙地、悄悄地从我这里偷走她——还是在夜里暗中进行。

罗伯特：我知道。你高尚。

理查德：（用坚定的眼神抬头看着罗伯特）不。不是高尚，是下贱。

罗伯特：（做出一个不情愿的手势）怎么会？为什么？

理查德：（眼神再次看向别处，声音低沉）这也是我必须告诉你的。因为在我下贱的内心深处，我巴不得你和她能背叛我——在黑暗里，在深夜里——悄悄地、卑鄙地、阴险地。被你——我的好朋友——背叛，被她背叛。我急切又下贱地渴望着，永远在爱欲里、在肉欲里受到羞辱，受到……

罗伯特：（弯腰，把手放在理查德的嘴巴上）够了。够了。（把手拿开）但是不行。继续说。

理查德：永远成为一个羞耻的生物，再次从羞辱的废墟中建立起自己的灵魂。

罗伯特：所以为什么你希望她……

理查德：(冷静地) 她一直说起她的单纯，正如我经常谈起我的愧疚，让我感到羞耻。

罗伯特：那是因为骄傲？

理查德：因为骄傲和无知的渴望，还因为更深的动机。

罗伯特：(坚决地) 我理解你。

(罗伯特返回到自己的位置，立马开口说，把椅子挪得更近一点。)

罗伯特：也许这不是我们在这里的原因，现在有这样一个时机能让我和你免受所谓道德的最后束缚。我和你之间的友谊束缚了我。

理查德：显然，这束缚绑得不紧。

罗伯特：我在黑暗里悄悄进行。我不会再这样做了。你敢让我随心而为吗？

理查德：我们之间来一场对决？

罗伯特：(愈加激动起来) 虽然我们的灵魂不尽相同，但我们来一场灵魂之间的较量，反抗所有灵魂中和世界里虚伪的东西。你的灵魂与抗争不忠幽灵的较量，我的灵魂反抗友谊的幽灵。所有生活就是一场较量，是人类激情战胜懦弱戒律的胜利。理查德，你会吗？你有那个胆量吗？即使我和你之间的友谊已经粉碎成渣，即使在你自己的生活中的那最后的幻想已经永远破裂了？我们出生之前有永恒，我们死了别人获得新生。唯独激情炫目的瞬间，激情、自由、无羞耻、不可逆转，是我们唯一可以远离奴隶们称之为生命的神奇大门。那时年轻的你不就总这样对我说吗，就在我们现在坐的这个地方？你变了吗？

理查德：（用手拨弄眉毛）嗯。是我年轻时说的话。

罗伯特：（急切地、热情地）理查德，你已经把我逼到了这个地步。她和我只能遵从你的意愿。你自己已经在我头脑里回忆起了这些话。你自己说过的话。我们可以吗？自由地？在一起？

理查德：（控制住情绪）在一起，不行。你自己解决你的问题。我不会让你自由。让我自己解决我的问题。

罗伯特：（站起来，下定决心）那你允许我？

理查德：（也站了起来，冷静地）解放你自己。

（敲门声响起了。）

罗伯特：（冷静地）什么意思？

理查德：（冷静地）显然是柏莎来了。你没有说让她别来？

罗伯特：有，但是……（看着理查德）那理查德，我要走了。

理查德：不，我走。

罗伯特：（绝望地）理查德，我求求你，让我走。结束了。她是你的。留住她，你们两个要原谅我。

理查德：因为你够大方让着我？

罗伯特：（急切地）理查德，如果你那样说会让我生气。

理查德：生气与否，我不会仰仗你的大方。你约她今晚在这里单独见面。解决掉你们之间的问题。

罗伯特：（赶紧地）开门。我可以在花园里等。（向前走向门廊）理查德，尽可能向她解释。我现在不能见她。

理查德：我应该离开。我告诉你。如果你希望的话，在外面等。

（理查德从右边的门出去。罗伯特匆忙从门廊走出去，但是立马又返回来了。）

罗伯特：雨伞！（突然比划）哦！

（罗伯特再次从门廊走出去。听见大厅的门开了又关。理查德走了进来，后面跟着柏莎。她穿着深棕色的服装，戴着一个小深红色帽子。她既没拿雨伞又没拿雨衣。）

理查德：（高兴地）欢迎回到古老的爱尔兰！

柏莎：（紧张而严肃地）是这里？

理查德：对，是这里。你怎么找到的?!

柏莎：我告诉了车夫。我不喜欢问路。（好奇地四下观望着）他还在等你吗？他走了？

理查德：（指着花园）他在外面等。我来的时候他就在等。

柏莎：（再次冷静地）你看，你最终还是来了。

理查德：你觉得我不会来？

柏莎：我知道你不会视而不见。你看，毕竟你与其他男人并无二致。你必须得来。你像其他人一样会嫉妒。

理查德：看见我在这里你似乎不高兴。

柏莎：你们之间发生了什么？

理查德：我告诉他所有我知道的事情，说我已经知道了很久。他问我是如何知道的。我说是你告诉我的。

柏莎：他恨我吗？

理查德：我不懂他的心。

柏莎：（无助地坐下来）嗯。他恨我。他认为我愚弄了他——背叛了他。我知道他会恨我。

理查德：我告诉他你对他很真诚。

柏莎：他不会相信。没人会相信。我应该先告诉他而不是你。

理查德：我觉得他就是一个普通的强盗，准备粗暴地夺走你。我必须保护你不受他的伤害。

柏莎：我自己本来也可以保护自己。

理查德：你确定？

柏莎：告诉他你知道我在这里已经够了。现在我什么都不知道。他恨我。他恨我没错。我对他竟这般恶劣无耻。

理查德：（拿起她的手）柏莎，看着我。

柏莎：（转向他）什么？

理查德：（盯着她的眼睛，拿着她的手向下）从你的心我也看不出来。

柏莎：（仍然看着他）你不能躲开。你不相信我？你看出来了我相当冷静。我本可以对你隐藏这一切。

理查德：我不相信。

柏莎：（头轻微地向上抬）哦，如果我想，那还不容易。

理查德：（黑着脸）也许你现在因为没有那样做而感到遗憾了。

柏莎：也许会。

理查德：（不高兴地）你告诉我这些多傻！如果你对此保密该多好。

柏莎：像你这样？不。

理查德：像我一样，是。（转身离开）待会儿再见。

柏莎：（警醒地站起来）你要走了？

理查德：当然。我该做的已经做完了。

柏莎：我想，对她？

理查德：（惊讶地）谁？

柏莎：当然是她。我想一切都计划好了，这样你可以找个好机会去见她，来一场知性对话！

理查德：（突然发怒了）去见魔鬼之父。

柏莎：（拔去帽子的别针坐了下来）很好。你可以走了。现在我知道该怎么做了。

理查德：（回过头，靠近她）你自己说的话你一个字都不信。

柏莎：（冷静地）你可以走。为什么不走？

理查德：然后你来这里，为了我而用这种方式引诱哄骗他。是这样吗？

柏莎：在这件事里，只有一个人不是傻瓜，那就是你。我是傻瓜，他也是傻瓜。

理查德：（继续）如果真是这样，你的确对他有够恶劣无耻。

柏莎：（指着他）对。但是这是你的错。我现在要结束这错误。我对你而言不过就是个工具。因为我的所作所为，所以你没有尊重过我，从没有过。

理查德：那他呢？

柏莎：他尊重我。自从我回来后，在所有的人中，他是唯一尊重我的人。他知道人们的疑虑。这也是为什么我从一开始到现在都喜欢他的原因。他很尊重我！为什么九年前你没有让她和你一起离开？

理查德：你知道为什么，柏莎。问你自己。

柏莎：对，我知道为什么。你知道你自己会找到答案。这就是原因。

理查德：这不是原因。我甚至都不会问你。

柏莎：对。问或不问，你都知道我会离开。我做一些事。但是如果我做一件事，我也可以做两件事。正如我有名声也有痛苦一样。

理查德：（愈加激动）柏莎，事情会怎么样我都接受。我过去相信你，将来我仍然会相信你。

柏莎：为了用那个对付我，然后丢下我。（激动起来）为什么你不为了我去对付他？为什么你一声不吭就离我而去？迪克，我的天，告诉我，你希望我怎么做？

理查德：亲爱的，我不能。（控制住自己）你自己的心会告诉你。（抓住她的双手）柏莎，当我看着你时，我的灵魂就会狂喜。我看到的是真实的你。我最初走进你的生活或在他之前——可能对你来说什么都不是。与我相比，你更应该属于他。

柏莎：我不是他的。我只是对他也有感觉。

理查德：我也一样。你可能是他的或我的。我会相信你，柏莎，也相信他。我必须这样。自从他双手抱你之后我就不能恨他。你让我们的距离变得更近了。在你心里有比智慧更智慧的东西。我是谁呢，我应该称我自己为你的心灵大师或任何女人的心灵大师？柏莎，去爱他，你如果认为可以把自己交给他——如果你可以，就去成为他的女人。

柏莎：（急剧地）我会留下来。

理查德：再见。

（理查德把柏莎的手放下，然后快速从右边走出去。柏莎仍旧坐着。然后她才站起来，胆怯地走向门廊。她在门廊旁边停下来，犹豫了一会儿，开始朝着花园呼叫。）

柏莎：有人在外面吗？

（同时柏莎退向房屋中间。她再次用同样的方式呼叫。）

柏莎：有人在吗？

（罗伯特出现在通向花园的门那里，门开着。他的外套扣着，领子向上翻着。他用手轻轻抓着门柱，等柏莎看见他。）

柏莎：（正好看见罗伯特，开始后退，然后迅速地）罗伯特！

罗伯特：你一个人？

柏莎：嗯。

罗伯特：（看向右边的门）他呢？

柏莎：走了。（紧张地）你吓到我了。你从哪儿进来的？

罗伯特：（头动了动）外面。他没有告诉你我一直在外面等着？

柏莎：（迅速地）嗯，他说了。但是我害怕一个人在这里。门开着一直等。（走到桌子旁，把手放在桌角）为什么你那样站在门口？

罗伯特：为什么？我也害怕。

柏莎：害怕什么？

罗伯特：怕你。

柏莎：（眼睛看着下方）你现在恨我吗？

罗伯特：我怕你。（背着手，安静但是有点挑衅地）我害怕又来一次折磨——一个新的圈套。

柏莎：（同上）你为什么责怪我？

罗伯特：（向前几步，停下来，然后冲动地）你为什么引诱哄骗我？日复一日，越骗越深。你为什么不阻止我？你本来可以阻止我——只需一句话就够。但是你一个字都没有说！我忘记了自己也忘了他。你看见了。在他看来，我正在毁掉我自己，并且失去了我与他的友情。你希望我那样？

柏莎：（抬头）你从来没有问过我。

罗伯特：问你什么？

柏莎：问他是否有所怀疑——或已然知晓。

罗伯特：你本可以告诉我的？

柏莎：嗯。

罗伯特：（犹豫地）你把一切都告诉他了？

柏莎：嗯。

罗伯特：我的意思是细节。

柏莎：所有细节。

罗伯特：（勉强地笑）我懂了。你为了他而做了一个实验。在我身上。好吧，为什么不可以？看来我似乎是个很好的实验对象。但你还是有点残忍。

柏莎：罗伯特，试着理解下我。你得试一下。

罗伯特：（礼貌的动作）嗯，好，我会试一下。

柏莎：你为什么那样站在门口那里？看着你让我很紧张。

罗伯特：我在试着去理解。然后我害怕。

柏莎：（伸出手）你没必要害怕。

罗伯特：（快速走向她，然后抓住她的手，羞怯地）你们过去一起嘲笑我？（把手拿开）但是今晚我必须好好的，否则你们又要嘲笑我了。

柏莎：（脱了衣服，把手放在他的胳膊上）罗伯特，请听我说……但你全身湿透了！（把手放在他的外套上）哦，你这可怜的家伙！外面一直在下雨！我忘记了。

罗伯特：（笑）对，你忘记下雨了。

柏莎：但是你真的湿透了。你得换件外套。

罗伯特：（拿起她的手）告诉我，你像他一样可怜我——像理查德说的。

柏莎：罗伯特，我麻烦你，请换件外套。你会得重感冒的，拜托换一件吧。

罗伯特：那有何影响呢？

柏莎：（全身打量他）你这里的衣服放在哪里？

罗伯特：（指向后边的门）在那里。我记得我有件夹克在这里。（坏坏地）在我卧室。

柏莎：嗯，进去把湿衣服换下来。

罗伯特：你呢？

柏莎：我会在这里等你。

罗伯特：你是在命令我？

柏莎：（微笑）对，我就是命令你。

罗伯特：（及时地）那我去换。（快速走向卧室，然后转身）你不会走吧？

柏莎：不会，我会在这里等。但不会等太久。

罗伯特：一会儿就好。

（罗伯特进入卧室，把门开着。柏莎好奇地环视四周，然后眼睛犹豫地看着后门。）

罗伯特：（从卧室出来）你还没走？

柏莎：没有。

罗伯特：已经天黑了。我得点灯。

（罗伯特划燃火柴，然后把玻璃灯罩罩在灯上。这声音清晰可闻。粉色的光从门口透进来。柏莎看了一眼手镯，然后在桌边坐下来。）

罗伯特：（同上）你喜欢这灯的效果吗？

柏莎：嗯，喜欢。

罗伯特：从你的位置看得清楚吗？

柏莎：嗯，十分清楚。

罗伯特：是为你准备的。

柏莎：（困惑不解）我甚至都不值得你这样做。

罗伯特：（清晰地、尖锐地）爱情的努力白费了。

柏莎：（紧张地站起来）罗伯特！

罗伯特：嗯？

柏莎：我说过来！快！快点！

罗伯特：我来了。

（罗伯特出现在门口，穿着一件深绿色的丝绒夹克外套。看到激动的柏莎，他快速走向她。）

罗伯特：柏莎，怎么了？

柏莎：（颤抖着）我害怕。

罗伯特：害怕一个人？

柏莎：（抓住他的手）你知道我什么意思。我所有的神经都紧绷着。

罗伯特：我……？

柏莎：罗伯特，答应我，不要去想这些事。永远不要想。如果你真的喜欢我。我觉得那时……

罗伯特：你想说什么？

柏莎：但是如果你喜欢我的话，答应我。

罗伯特：柏莎，我喜欢你！我答应你。当然，我会答应你。你整个人都在颤抖。

柏莎：让我找个地方坐下来。一会儿就好了。

罗伯特：我可怜的柏莎！来，坐下来。

（罗伯特带柏莎走到桌子旁的椅子边。她坐了下来。他站在她旁边。）

罗伯特：（顿一会儿）好点儿了吗？

柏莎：嗯。抖一会儿就好了。我太笨了。我害怕……我想看见你在我身边。

罗伯特：那……你让我答应不去想了？

柏莎：嗯。

罗伯特：（热情地）还有其他什么？

柏莎：（无助地）罗伯特，我害怕一些事情。我不确定是什么。

罗伯特：现在呢？

柏莎：现在你在这里了。我可以看见你。现在已经好了。

罗伯特：（顺从地）嗯，好了。为爱所做的努力白费了。

柏莎：（抬头看着他）罗伯特，听着。我想给你解释那事。我不会欺骗迪克。永远不会。任何事上都不会。我全告诉他了——从头讲起。然后事情不断发展下去，你仍然没有谈起或问起我。我倒希望你问。

罗伯特：柏莎，是真话吗？

柏莎：嗯，真的，我以为你知道，因为你会认为我像……像其他女人一样，这也让我烦恼。我觉得迪克也没错。为什么要有秘密呢？

罗伯特：（温柔地）但秘密也可以很甜蜜。难道不是吗？

柏莎：（微笑）嗯，我知道可以。但是你知道，我不会对迪克隐瞒秘密。再说，隐瞒下去有什么好处呢？秘密最终会浮出水面，让人知道不是反而更好吗？

罗伯特：（温柔但有点害羞地）柏莎，你怎么可以把所有的事都告诉他呢？所有的？我们之间发生的每一件小事？

柏莎：嗯，所有他问的事我都说了。

罗伯特：他问了很多？

柏莎：你知道他那种人。所有的事他都要问。事情的点点滴滴。

罗伯特：包括我们接吻也问了？

柏莎：当然。我全部告诉他了。

罗伯特：（慢慢地摇手）真是小人行径！你难道就不觉得害臊吗？

柏莎：不觉得。

罗伯特：一点儿也不？

柏莎：不。为什么要害臊？很糟糕吗？

罗伯特：你告诉他时他什么反应？说给我听。我也想知道一切。

柏莎：（笑了起来）他很激动，比平常要激动。

罗伯特：为什么？他现在还激动？

柏莎：（顽皮地）嗯，非常兴奋。当他没有迷失在自己哲学里的时候。

罗伯特：比我还兴奋？

柏莎：比你？（回忆中）怎么回答你呢？我想，你们两个都很激动吧？

（罗伯特转向一边，然后盯着门廊，几次用手捋自己的头发。）

柏莎：（温柔地）你又生我气了？

罗伯特：（心情不定地）你和我在一起。

柏莎：罗伯特，不。我为什么要和你在一起？

罗伯特：因为我让你来这里。我尽力为你做好准备。（含糊地东指西指）想给你一份安宁。

柏莎：（用手指摸他的夹克外套）这个也是吗？好看的丝绒夹克外套。

罗伯特：也是。我对你没有秘密。

柏莎：你让我想起一幅画里的某个人。我喜欢画里的你……但是你不会生气，对吗？

罗伯特：（阴郁地）嗯，是我的错。要你来这里。柏莎，当我从花园看到你——你站在这里时，我就感到不对了。（无助地）但是我还能怎么办？

柏莎：（安静地）你指因为其他人已经来过这里了？

罗伯特：嗯。

（罗伯特离柏莎几步远。一阵风袭来，桌上的灯开始闪烁。罗伯特轻轻地将灯芯调低。）

柏莎：（目光追随着他）但是我来之前就知道了。我不生你的气。

罗伯特：（耸耸肩）可到底为什么你要生我气呢？同一件事——或更糟的事，你甚至都不对他生气。

柏莎：他跟你说过他自己吗？

罗伯特：嗯，他告诉我了。我们在这儿都要对彼此坦白。想想吧。

柏莎：我试着忘记。

罗伯特：这不会困扰你？

柏莎：现在不会。只是我不愿去想。

罗伯特：你觉得这只是一些残酷的事？根本不重要？

柏莎：现在我不觉得烦了。

罗伯特：（望着她）但是有件事会让你非常烦恼，而且你又不想忘记。

柏莎：什么？

罗伯特：（转向她）如果有时候不只是对这个人或那个人残忍，如果只对一个人——一个女人而言，（微笑）美好高尚的事情也许同样残酷。迟早都会残酷。你会试着忘记和原谅？

柏莎：（玩弄自己的手镯）指谁？

罗伯特：指任何人。指我。

柏莎：（冷静地）你指迪克。

罗伯特：我说我自己。但是你会吗？

柏莎：你认为我会为我自己复仇吗？我也不会放过迪克？

罗伯特：（指着她）柏莎，那不是你心里话。

柏莎：（骄傲地）嗯，是。放过他吧。他也放过了我。

罗伯特：（持续地）那你知道为什么吗？你懂吗？你喜欢吗？你想要那样吗？你快乐吗？他让你幸福吗？一直都是？这就是九年前他给你的自由大礼吗？

柏莎：（张大眼睛望着他）可是，罗伯特，你为什么问我这么多问题？

罗伯特：（向她伸出双手）因为我那时给了你另一个礼物——一个普通简单的礼物——像我自己一样。如果你想知道，那我会告诉你。

柏莎：（看了看手表）罗伯特，过去的已经过去了。我想我现在该走了。快九点了。

罗伯特：（激动地）不，不，还没到。还有件事我没有坦白。我们有权利把话说开。

（罗伯特快速走到桌子面前，在柏莎旁边坐下来。）

柏莎：（转身朝向他，把左手放在他肩上）嗯，罗伯特。我知道你喜欢我。你不需要告诉我。（和善地）你今天晚上不要再忏悔更多了。

（一股风从门廊吹进来，还有树叶飘动的声音。火焰急速闪烁。）

柏莎：（敲了敲他的肩膀）看！风大了。

（罗伯特没有站起来，他弯腰朝向桌子，把灯芯调低一点。屋子黑多了。更强烈的光从卧室的门口透了进来。）

罗伯特：风越来越大了。我去关上那扇门。

柏莎：（听）不，现在还在下雨。刚才只是一阵风。

罗伯特：（摸她的肩膀）告诉我，如果你觉得太冷的话。（半站起来）我去关上。

柏莎：（留住他）别去，我不冷。再说我要走了，罗伯特，我得走了。

罗伯特：（坚定地）不，不。现在不能走。我们留在这里就是为了这个。柏莎，你错了。过去的事还没过去，过去的事到了现在就是现在的事了。我对你的感觉和以前一样，因为那时你忽视了它。

柏莎：罗伯特，不。我没有。

罗伯特：（继续）你有。这些年我一直感受得到，但直到现在才知道。即使我过着那种生活，那种你知道却不愿多想——你谴责我的生活。

柏莎：我？

罗伯特：嗯。你忽视了我曾经给了你普通而简单的礼物，相反你却接受了他给的礼物。

柏莎：（看着他）但是你从没……

罗伯特：不。是因为你已经选择了他。我知道。我们遇见的第一个晚上，我们三人在一起的那晚，我就知道了你为什么选择他。

柏莎：（低下头）那不是爱？

罗伯特：（继续）每个夜晚我和他一起，去那个角落见你，我看见了，也感受到了。柏莎，你还记得那个角落吗？

柏莎：（同上）记得。

罗伯特：当时你和他一起离开去散步，我一个人独自沿着街道走，我就感受到了。当他对我谈起你，谈起他即将要离开了——那个时候最重要。

柏莎：为什么那个时候最重要？

罗伯特：因为那个时候是我第一次因为背叛他而感到愧疚。

柏莎：罗伯特，你在说什么？你第一次背叛迪克？

罗伯特：（点点头）不是我最后一次。他说起你和他自己。说你们如何自由地在一起——这一类的话。自由，对！他甚至都不会要你和他一起走。（痛苦地）而你也一样。

柏莎：我想和他在一起。你知道……（正抬起手来，看着他）你知道我们那时的事——迪克和我之间的事。

罗伯特：（不注意）我劝他一个人走——不要带你一起—— 一个人生活，看看他对你的感觉是否只是昙花一现，而这可能会毁了你的幸福和他的事业。

柏莎：嗯，罗伯特。你这样对我很无情。但是我原谅你，因为你为我和他的幸福考虑过。

罗伯特：（弯腰靠近她）不是，柏莎。我没有。那是我的背叛。我想的是我自己——当他已经走了，你可以离开他，他也可以离开你。然后我就把我的礼物给你。你现在知道是什么了。男人给女人普通简单的小礼物。也许不是最好的，不管最好或最差——本可以属于你的礼物。

柏莎：（对他感到厌恶）他没有听你的建议。

罗伯特：（同上）不。你们一起私奔的那个晚上。哦，我当时有多开心！

柏莎：（挤压手）罗伯特，冷静点。我知道你一直喜欢我。为什么你没有忘记我呢？

罗伯特：（苦涩地笑了笑）当我沿着码头一路回来，看到远处的船点亮灯火，顺着黑暗中的河流，带你渐行渐远，我有多开心！（一种平静的语气）但是你为什么选择他？你一点都不喜欢我吗？

柏莎：不。我喜欢你，因为你是他的朋友。我们经常谈起你。很多很多次。每次你写信以及寄文章或书给迪克。罗伯特，我依然喜欢你。（盯着他的眼睛）我从没忘记过你。

罗伯特：我也没有。我都不知道还能再见到你。你走的那晚我就知道了——知道你会回来。这也是为什么我写信给你以及努力再次在这里见到你的原因。

柏莎：我回来了。你是对的。

罗伯特：（缓慢地）九年了。你比以前美丽了九倍。

柏莎：（微笑）真的吗？在我身上你看到了什么？

罗伯特：（盯着她）一位独特又美丽的女士。

柏莎：（几乎是感到恶心）哦，拜托请不要那样叫我。

罗伯特：（真诚地）不仅如此。你是年轻美丽的女王。

柏莎：（突然的笑声）拜托，罗伯特！

罗伯特：（降低了声音，弯下身子靠近她）但是你不知道自己很美吗？你不知道自己身材很好，而且年轻又美丽吗？

柏莎：（严肃地）总有一天我会老去。

罗伯特：（摇头）我想象不到。今夜你年轻美丽。今晚你已经来到了我身边。（激动地）谁知道明天会是什么样子呢？我可能永远见不到你了，或再也见不到你现在的样子。

柏莎：你会难受？

罗伯特：（环顾房间，没有回答）这间屋子和这一时刻就是为了迎接你的到来。你走了，一切都没意义了。

柏莎：（紧张地）但是罗伯特你会再见到我的……像以前一样。

罗伯特：（全神贯注地看着她）为了让理查德难受。

柏莎：他不会难受。

罗伯特：（低头）嗯，嗯。他不会。

柏莎：他知道我们喜欢彼此。有什么坏处吗？

罗伯特：（抬头）没有，没有坏处。为什么我们不应该相互喜欢？他至今不知道我什么感觉。他今晚留下我们独自在这里，这个时候，因为他渴望知道——他希望解脱。

柏莎：从什么中获得解脱？

罗伯特：（更靠近她，说话时按压她的胳膊）摆脱每个道德定律，摆脱每个束缚。他毕生追求的生活都是为了自我摆脱。他又打破了一个枷锁，柏莎——你和我，我们也很快可以打破。

柏莎：（几乎没听见似地）你确定？

罗伯特：（依旧很热情）我确定，在激情的冲动面前，人类创造的道德定律没有哪条是神圣的。（几乎是坚定地）谁规定我们只能爱一个人？只爱一个人，便是违背了我们自己的人性。冲动面前没有定律。规则适用于奴隶。柏莎，说出我的名字。让我听你温柔地说出口！

柏莎：（温柔地）罗伯特！

罗伯特：（把手放在她的肩膀上）只有对年轻和美丽的冲动不会消逝。（指着门廊）听！

柏莎：（警惕地）什么？

罗伯特：在下雨，雨落在大地上。这是夏天的雨，夜晚的雨。黑暗、温暖和激情的洪流混合交融。今晚大地被爱着——被亲吻着，被占有着。她爱人的胳膊环绕着她，她沉默不语，说吧，我最亲爱的！

柏莎：（突然向前靠认真听）嘘！

罗伯特：（边听边微笑）没什么。没人。就我们。

（一股风从门廊吹进来，还有树叶摇动的声音。灯火跃动。）

柏莎：（指着灯）看！

（一阵风从门廊吹进来，伴随着树叶的摇曳声。灯火跳跃。）

罗伯特：只是风。从其他房间过来的光已经够了。

（罗伯特伸出手，熄灭了桌子上的灯。从卧室门口散发出来的灯透过他们坐的位置。房间十分黑暗。）

罗伯特：告诉我。你幸福吗？

柏莎：罗伯特，我要走了。很晚了。行了。

罗伯特：（抚摸她的头发）还不急，不急。告诉我，你爱我有哪怕一点点吗？

柏莎：罗伯特，我喜欢你。我觉得你不错。（半起身）好了吗?

罗伯特:(留住她,亲吻她的头发)柏莎,不要走!还早。你也爱我吗?我已经等了很久了。我们两个你都爱吗——他和我?柏莎,两个你都爱吗?实话!告诉我。用你的眼神告诉我。或说出来!

(柏莎没有回答。沉默中夹杂着外面的雨声。)

第三幕

(梅林广场,理查德·罗恩家的客厅。右边的折叠门关着,通向花园的两扇门也关着。左边的窗口挂着绿色长绒窗帘。门半开着。这是第二天早晨。柏莎坐在窗口旁边,透过窗帘向外观望。她身穿一件宽松的橙红色睡袍。她的头发松松散散地梳在耳后,在脖子处绑了个结。她的手叠放在腿上,脸色苍白憔悴。)

(布里吉德从右边的折叠门进来,拿着鸡毛帚和抹布。她正准备穿过房间,但是恰好看见了柏莎,她突然停下来并本能地念叨。)

布里吉德:夫人,我的天。你吓了我一跳。你怎么起得这么早?

柏莎:现在几点了?

布里吉德:夫人,已经七点多了。你起来很久了吗?

柏莎:有一会儿了。

布里吉德:(靠近柏莎)你做噩梦惊醒了?

柏莎:我整夜没睡,所以起来看看日出。

布里吉德:(打开折叠门)大雨后的清晨很美。(转身)但是夫人你肯定疲倦极了。主人要是看见你这样会说什么?(走向书房的门,然后敲门)理查德主人!

柏莎:(四处张望)他不在这里。他一个小时前出去了。

布里吉德:外面,去海滨了?

柏莎:嗯。

布里吉德:(走向柏莎,靠在一个椅子背后)夫人,你在为什么事烦恼吗?

柏莎:没有,布里吉德。

布里吉德:不要烦恼。他一直都是那样,一个人到处溜达。理查德主人就像只好奇的鸟,一直是那样。我肯定,他有一点变化我都知道。你也许是在烦恼他在这里写了大半夜的书?(指向书房)让他独自呆一会儿。他会再回来的。夫人,他确信您的脸如阳光般熠熠生辉。

柏莎:(悲伤地)那样的日子已经过去了。

布里吉德:(自信地)我记得肯定是那段他向你求婚的快乐时光吧。(在柏莎旁边坐了下来,用低低的声音)你知道他以前常常告诉我关于你所有的事,而对他母亲却只字不提吗?愿上帝让她得以安息。你们的情书和所有的事情。

柏莎:什么?我给他写的情书?

布里吉德:(高兴地)嗯。我能看见他正坐在厨房桌上,摇晃双腿,欢呼雀跃地对着一个无知的老女人,比如说我,谈起你们,还有爱尔兰和种种欢乐。但他总是这样。如果他必须去见一个有头有脸的人物,那他会装出双倍的高冷。(突然看向柏莎)您哭了?哦,别哭。未来还有好时光呢。

柏莎:不,布里吉德,那样的时光一生只有一次。除了铭记那段时光，余生都毫无用处。

布里吉德：（沉默了一会儿，然后亲切地说）夫人您要来一杯茶吗？那会让您感觉好点。

柏莎：嗯，好。但是送奶工还没来。

布里吉德：没来呢。阿奇少爷要我在送奶工来之前叫醒他。他要一起坐车去兜一圈。不过有一杯过夜茶。我马上用水壶把茶烧开。您想就着茶吃个鸡蛋吗？

柏莎：不用了，谢谢。

布里吉德：或来一点烤面包？

柏莎：不用了，布里吉德，谢谢。要一杯茶就好。

布里吉德：（穿过折叠门）一会儿就好。（停了下来，转身，走向左边的门）但是我得先叫醒阿奇少爷，否则他该怪我了。

（布里吉德从左边的门出去，过了一会，柏莎站起来，走到书房，大大打开门朝里看。书房是一个整洁的小房间，里面有许多书架和一张大写字台，上面放有纸张和一盏熄灭的油灯，写字台前面摆放着一把装有垫子的椅子。柏莎在门口站了一会儿，没有进去便又关上门。她回到桌子旁的椅子上坐下来。阿奇穿着同上的衣服，从右边的门进来，后面跟着布里吉德。）

阿奇：（跟在布里吉德后面，抬起脸让母亲亲吻，说道）妈妈，早上好。

柏莎：（亲吻阿奇）阿奇，早上好！（转向布里吉德）你在他背心里面再给他穿了一件背心了吗？

柏莎：夫人，他不穿。

阿奇：妈妈，我不冷。

柏莎：我给你说过让你穿上，说过吧？

阿奇：但是哪里冷啊？

柏莎：（从头上取下梳子，把他的头发从两边往后梳）看你还是睡眼惺忪的样子。

布里吉德：夫人，你昨晚出去后他立马就上床了。

阿奇：妈妈，你知道他会让我驾车。

柏莎：（从头发上取下梳子，突然抱住他）哇，驾马车显得男人多么威武啊！

布里吉德：嗯，不管怎样，他喜欢马儿。

阿奇：（放松自己）我会让马儿跑快一点。妈妈，你从窗口可以看得到。我拿着马鞭。（做出一个挥鞭的姿势，大声叫道）驾！

布里吉德：鞭打可怜的马儿是吧？

柏莎：过来，我给你擦擦嘴巴。（从长袍里拿出手巾，用舌头沾湿水，擦他的嘴巴）全是脏东西，你这小家伙多脏。

阿奇：（重复，笑了起来）脏东西！什么是脏东西？

（窗口前响起送奶工的车蹭着栏杆所发出的咯吱咯吱声。）

布里吉德：（拉开窗帘向外看）他来了！

阿奇：（快速地）等等。我来了。妈妈，再见！（匆忙吻了她，转身离开了）爸爸起床了吗？

布里吉德：（牵着他的胳膊）我和你一起走。

柏莎：阿奇，你自己注意，不要太晚了，否则我以后不要你出去了。

阿奇：好。从窗口往外看就能看到我了。再见。

（布里吉德和阿奇从左边一起出去。柏莎站了起来，把窗帘再拉开一点，站在窗边往外看。她听见大厅的门开了，然后听见轻微的说话声和罐头碰撞声。门关上了。过了没一会儿，柏莎高兴地挥手再见。布里吉德进屋站在柏莎后面，从她的肩膀向外望。）

　　布里吉德：看他坐下的样子！如你喜欢的那样认真。

　　柏莎：（突然站到柱子边）别靠近窗口。我不想被人看见。

　　布里吉德：夫人，为什么？怎么了？

　　柏莎：（走向折叠门）就说我还没起床，我不舒服。我谁都不见。

　　布里吉德：（跟着柏莎）是谁，夫人？

　　柏莎：（停了下来）等一会儿。

　　（柏莎在听。有人在敲大厅的门。）

　　柏莎：（迟疑着站起来）不，就说我在。

　　布里吉德：（充满疑问）说您在这里？

　　柏莎：（匆忙地）嗯。说我才起来。

　　（布里吉德从左边出去。柏莎走向双扇门，紧张地掀起窗帘，像是要把它们放下来。柏莎听见大厅门开了。然后比阿特丽斯·贾斯蒂斯走了进来，而柏莎没有立即转身。比阿特丽斯穿着之前的衣服，手里拿着一份报纸。）

　　比阿特丽斯：（快速上前）罗恩太太。不好意思我这个时候来。

　　柏莎：（转过身）早上好，贾斯蒂斯小姐。（走向比阿特丽斯）有什么事吗？

　　比阿特丽斯：（紧张地）我也不太清楚。所以我才想问你。

　　柏莎：（好奇地看着比阿特丽斯）你喘不过气来了。你不坐下来吗？

　　比阿特丽斯：（坐了下来）谢谢。

柏莎：（对着比阿特丽斯坐下来，指向比阿特丽斯手中的报纸）报纸上是有什么消息吗？

比阿特丽斯：（紧张地笑起来，翻开报纸）嗯。

柏莎：关于迪克的？

比阿特丽斯：嗯。这里。一长篇头条文章，我表哥写的。他一辈子都在这儿生活。你想看吗？

柏莎：（拿过报纸，翻开看）在哪里？

比阿特丽斯：中间部分。看标题，《一位优秀的爱尔兰人》。

柏莎：对迪克有利还是不利？

比阿特丽斯：（热情地）哦，对他有利！你可以读读他对罗恩先生的评价。我知道罗伯特昨晚留在镇上很晚，就为了写这个。

柏莎：（紧张起来）嗯。你确定？

比阿特丽斯：嗯。写到很晚。我听见他回家了。那时已经过两点了。

柏莎：（看着比阿特丽斯）吵醒你了？我的意思是早上那个时候你被吵醒了吧。

比阿特丽斯：我睡眠很浅。但是我知道他从办公室回来……我是猜想他写了一篇关于罗恩先生的文章，所以他很晚才回来。

柏莎：你那么快就猜到了！

比阿特丽斯：嗯，昨天下午的事情过后，我指罗伯特说的事儿，罗恩先生已经接受了那个职位。我自然能想到那个……

柏莎：嗯，对。正常。

比阿特丽斯：（匆忙地）但那并没有惊醒我。但是听到表哥房间的吵闹声后，我就立刻醒了。

柏莎：（把手中的报纸揉成一团，屏住呼吸）我的天！告诉我是什么？

比阿特丽斯：（看着柏莎）为什么这会让你这么烦躁？

柏莎：（一屁股坐回去，带着一个勉强的笑）嗯，当然烦躁了，我太笨了。我整个人都心烦意乱。我也睡得不好。所以我才起那么早。但是告诉我是什么？

比阿特丽斯：就是听到他行李箱拖着地走的声音。然后我听到他在房间走动的声音，轻轻的口哨声。然后我听见锁门和打包的声音。

柏莎：他要离开！

比阿特丽斯：就是那惊醒了我。我担心他和罗恩先生已经吵了一架，而他写的文章就是一次攻击。

柏莎：但是他们为什么吵架？你察觉到他们之间有任何不对吗？

比阿特丽斯：我觉得我知道。他们很冷淡。

柏莎：最近的事？

比阿特丽斯：有一段时间了。

柏莎：（把报纸弄平）你知道原因吗？

比阿特丽斯：（犹豫不决）不知道。

柏莎：（过了一会儿）嗯，但是如你所说，如果这篇文章有利于罗恩先生，那他们就没有吵架。（回忆了一会儿）文章也是昨晚写的。

比阿特丽斯：嗯。我立马把文章带过来给你瞧瞧。但是为什么他走得那么突然？我觉得事情有点不对。我觉得他们之间发生了点什么。

柏莎：你会觉得遗憾吗？

比阿特丽斯：我会觉得很遗憾。罗恩太太，你知道罗伯特是我亲表哥。如果他要对罗恩先生不利，那也会让我很难过，既然他已经回来了，或如果他们大吵一架尤其是因为……

柏莎：（揉捏着报纸）因为？

比阿特丽斯：因为是我表哥一直催促罗恩先生回来的。对此我感到很内疚。

柏莎：应该是汉德先生感到内疚，不是吗？

比阿特丽斯：（不确定地）我也感到内疚。因为罗恩先生不在时，我对表哥谈起过他，某种程度而言，是我……

柏莎：（慢慢点头）我知道了。你现在感到内疚。只是那样？

比阿特丽斯：我觉得是。

柏莎：（几乎是兴奋地）贾斯蒂斯小姐，看起来是你，是你把我的丈夫带回爱尔兰的。

比阿特丽斯：罗恩太太，我？

柏莎：对。是你。你既给他写信，又对你表哥提起他，正如你刚才所讲的。你不认为你才是那个让我丈夫回到爱尔兰的人吗？

比阿特丽斯：（突然脸红了起来）不，我不那样觉得。

柏莎：（看了比阿特丽斯一会儿，然后转向一边）你知道自从我丈夫回来后，他写了很多东西。

比阿特丽斯：是吗？

柏莎：你不知道？（指着书房）夜晚大半的好时光他都用来写作了，夜夜如此。

比阿特丽斯：在他书房？

柏莎：书房或卧室。随便你怎么叫。他也睡在这里，沙发上。他昨晚就睡在这里。你要不信，我可以指给你看。

（柏莎起身走向书房。比阿特丽斯迅速半起身，做出一个拒绝的姿势。）

比阿特丽斯：罗恩太太，你说的我当然信。

柏莎：（再次坐了下来）嗯。他在写东西。一定写的是我们回到爱尔兰后，最近走入他生活的事情。比如一些变化。你知道他的生活里发生了哪些变化吗？（探寻似地看着比阿特丽斯）你知道或察觉到了吗？

比阿特丽斯：（看着柏莎，坚定地回答）罗恩太太，这个问题不应该问我。如果说他回来后的生活发生了什么变化，你一定会知道，也察觉得到。

柏莎：你也可能知道。在这个房子里，你们非常亲近。

比阿特丽斯：我不是这里唯一与他亲近的人。

（她们在沉默中冷冷地盯着彼此看了一会儿。柏莎放下报纸，坐在挨近比阿特丽斯的椅子上。）

柏莎：（把手放在比阿特丽斯的膝盖上）那么，贾斯蒂斯小姐，你也恨我吗？

比阿特丽斯：（鼓起勇气）恨你？我？

柏莎：（坚持但温柔地）对。你知道恨一个人是什么意思吗？

比阿特丽斯：我为什么要恨你？我从没恨过任何人。

柏莎：你爱过任何人吗？（把手放在比阿特丽斯的手上）告诉我，有吗？

比阿特丽斯：（同样温柔地）嗯。过去有。

柏莎：现在没有？

比阿特丽斯：没有。

柏莎：看着我。你可以真诚地说给我听吗？

比阿特丽斯：（看着柏莎）嗯，可以。

（隔了一会儿。柏莎收回手，有些尴尬地转过头。）

柏莎：你刚才说在这个房里还有另一个与你亲近的人。你说的是你表哥……是他吗？

比阿特丽斯：嗯。

柏莎：你还没有忘记他？

比阿特丽斯：（静静地）我已经努力了。

柏莎：（合上手）你恨我。你觉得我幸福。你知道你错得多离谱！

比阿特丽斯：（摇摇头）我不知道。

柏莎：幸福！当我不懂他写的任何东西，当我没办法帮助他，当我甚至连他说的一半内容都不理解时，你会懂！你能懂！（激动兴奋地）但是我害怕他，害怕他们两个。（突然站起来，然后走向小桌）他不会就那样离开的。（从抽屉里拿出一个写字板，匆忙在上面写了几划）不，不可能！他是疯了才会做这样的事吗？（转向比阿特丽斯）他还在家吗？

比阿特丽斯：（惊讶地看着柏莎）嗯。你给他写信让他来这儿了吗？

柏莎：（站起来）写了。我会让布里吉德送过去。布里吉德！

（柏莎快速从左边的门走出去。）

比阿特丽斯：（本能地目送柏莎离开）那就是真的了！

（比阿特丽斯盯着理查德的书房门，双手抱着头。然后，她的身体缓过来，从小桌子上拿起报纸，翻开。接着，她从手提包里拿出一个眼镜盒，然后戴上眼镜，埋头读报。理查德·罗恩从花园走了进来。他穿得一如往常，戴着一顶软帽，挂着一柄细细的手杖。）

理查德：（站在门口，观察了她一会儿）外面有恶魔（指着外面海滨）。天刚一亮，我就听见他们叽叽喳喳地说话。

比阿特丽斯：（站起来）罗恩先生！

理查德：我向你保证。小岛到处都是这种声音。我也能听到你的声音。它似乎在说"否则我无法见到你们"。还有她的声音。但是我向你保证，他们都是魔鬼。我自下往上画了个十字，那样会让它们闭嘴。

比阿特丽斯：（结巴地）罗恩先生，我那么早来这里……是因为想给你看这个……昨晚……罗伯特写的……关于你……

理查德：（取下帽子）我亲爱的贾斯蒂斯小姐，我觉得你昨天告诉过我了，你为什么来这里，我什么都没有忘记。（向前靠近她，抓住她的手）早上好。

比阿特丽斯：（突然取下眼镜，把报纸放在他手里）我来是因为这个。这是一篇关于你的文章。罗伯特昨晚写的。你要读吗？

理查德：（弯下身子）现在读？当然了。

比阿特丽斯：（绝望地看着他）哦，罗恩先生，这样看着你让我难受。

理查德：（翻开报纸读了起来）《尊敬的卡农木·霍尔之死》这个吗？

（柏莎站在左边的门那里，听着。）

理查德：（翻过一页）哈，找到了！《一位优秀的爱尔兰人》，（开始用一种十分浑厚的声音大声朗读）"我们国家面临的最大的问题是她对孩子们的态度。他们在她需要帮助时离开了她，现在在她等待已久的胜利之夜，他们被召回到她身边。对于她来说，他们一直处于孤独和流亡中，最终他们学会了如何去爱。在流亡中，我们已经说过，但是我们必须得区分开来。有一种经济上的流亡，还有一种精神上的流亡。有些人离开她去寻找人类赖以生存的面包，还有一些人，不，是她最宠爱的孩子，离开她去其他地方寻找精神食粮，一个民族赖以生存的精神食粮。那些能够回忆起十年前的都柏林文化的人，可以回忆起很多罗恩先生的事迹。强烈的愤怒会撕裂一个人的心……"

（理查德抬起头，视线离开报纸，看见柏莎正站在门口。然后他放下报纸看着她。一阵沉默。）

比阿特丽斯：（鼓足勇气）你看，罗恩先生，你最终迎来了黎明。即使在这里。然后你看你有一个热心的朋友，罗伯特，一个理解你的朋友。

理查德："那些在她需要的时候离开她的人。"你一开始注意到了这句话吗？

（理查德充满疑问地看着柏莎，转身走进书房，随后关上了身后的门。）

柏莎：（半自言自语地）为了他，我几乎放弃了所有，宗教、家庭和我自己的平静。

（柏莎一屁股坐在一张安乐椅上。比阿特丽斯走过来靠近柏莎。）

比阿特丽斯：（弱弱地）但你不觉得罗恩先生的想法……

柏莎：（苦涩地）想法想法！但是这个世界上的人都有其他的想法或假装有其他的想法。尽管他有想法，但他们还是不得不忍受他，因为他能做成一些事。我就不行。什么都不是。

比阿特丽斯：你陪着他。

柏莎：（愈加痛苦）啊，贾斯蒂斯小姐，胡说八道！我只是与他纠缠在一起的一个东西，我儿子只是他们给那些孩子起的一个好听的名字。你觉得我是块石头？你觉得他们不巧碰见我时，我从他们的眼睛和他们的言行举止里看不出吗？

比阿特丽斯：罗恩太太，不要让他们打败你。

柏莎：（傲慢地）打败我！如果你想知道，我很为自己感到骄傲。他们为他做过什么？我让他成为了一个男人。在他的生活中，他们算什么？不过是他靴子下的污泥！（兴奋地站起来，来回走）现在他也可以像其他人一样看不起我。你也可以鄙视我。但是你们永远不会打败我，你们谁都不能。

比阿特丽斯：你为什么要怪罪于我呢？

柏莎：（冲动地走向比阿特丽斯）我现在如此难受。如果我对你有所冒犯，请你理解。我希望我们能成为朋友。（伸出手）可以吗？

比阿特丽斯：（握住柏莎的手）乐意之至。

柏莎：（看着比阿特丽斯）多么好看的长睫毛呀！多么伤感的眼神呀！

比阿特丽斯：（微笑着）用它们看不到什么东西。因为太模糊了。

柏莎：（热情地）但是很漂亮。

（比阿特丽斯安静地拥抱柏莎，礼貌地亲吻她，然后有点害羞地从她脸上撤回目光。布里吉德从左边进来了。）

布里吉德：夫人，我交给他本人了。

柏莎：他说什么了吗？

布里吉德：夫人，他刚出门了，他告诉我他随后就到。

柏莎：谢谢。

布里吉德：（出去）夫人，您现在想要茶和烤面包吗？

柏莎：布里吉德，现在不要。可能待会儿吧。等汉德先生来了，立马带他进来。

布里吉德：嗯，好，夫人。（从左边出去）

比阿特丽斯：罗恩太太，在他回来之前我要走了。

柏莎：（突然有点胆怯）那我们是朋友了吧？

比阿特丽斯：（同样的语气）我们会努力成为朋友的。（转身）可以让我从花园出去吗？我现在不想碰见表哥。

柏莎：当然可以。（牵起比阿特丽斯的手）我们现在这样说话太怪了。但是我一直想要这样。你呢？

比阿特丽斯：我也想这样。

柏莎：（微笑着说）即使在罗马。当我与阿奇出去散步时，常常想起你，想你是什么样子，因为我都是从迪克那里了解你。我以前会盯着不同的人看，有的从教堂走出来，有的坐着车子经过，我想没准她们长得就像你。因为迪克告诉我你肤色有些黑。

比阿特丽斯：（再次紧张）真的吗？

柏莎：（按着比阿特丽斯的手）那我们暂时先再见了。

比阿特丽斯：（脱开了柏莎的手）再见。

柏莎：我送你到大门口。

（柏莎陪比阿特丽斯从双扇门出去。她们穿过花园往前走。理查德·罗恩从书房里出来。他停在门附近，俯视着花园。然后他转过身，走到小桌旁，拿起报纸读起来。过了一会儿，柏莎出现在大门口，站在那里看他读完。他又放下报纸转身回书房了。)

柏莎：迪克！

理查德：(正停下来) 什么事？

柏莎：你还没跟我说过一句话。

理查德：我跟你没什么好说的。你想说什么？

柏莎：你不想知道昨晚发生了什么？

理查德：我永远不想知道。

柏莎：如果你问我，我就会告诉你。

理查德：你会告诉我。但是我永远不想知道。只要活在这个世界上，就永远不想知道。

柏莎：(走向他) 迪克，我会告诉你事实，就像我以前总是告诉你一样。我从未骗过你。

理查德：(激动地把手紧紧握住) 对，对。事实！我告诉你，我永远不想知道。

柏莎：那昨晚你为什么丢下我？

理查德：(痛苦地) 在你需要的时候。

柏莎：(威胁状) 你怂恿我那样做的。不是因为你爱我。如果你爱我或你知道什么是爱，你就不会丢下我。为了你自己，你唆使我留了下来。

理查德：我没有欺骗我自己。我就是我。

柏莎：你一直用它对付我，让我在你面前败下阵来，就像你一直做的那样，使自己解脱。(指向花园) 与她在一起！这就是你的爱！你说的每个字都虚伪。

理查德：(控制住自己) 和你说话根本没用。

柏莎：听听你自己的心声！她才是那个倾听你说话的人。你为什么还要浪费时间和我在一起？去和她说。

理查德：（点点头）我懂了。你现在已经把她从我身边赶走了，正如你把我身边的每一个人都赶走那样，我曾经的每一个朋友，每一个想要靠近我的人。你恨她。

柏莎：（热切地）没有这回事！我觉得你让她很不幸福，就像你让我不幸福一样，也像让你死去的母亲不幸福一样，你还害了她。女人杀手！这就是你的名字。

理查德：（转身离开）再见！

柏莎：（兴奋地）她人不错，品格高尚。我喜欢她。论出身和教育——我没有的她都有。你想毁了她，但你不能。因为她对你来说，能给我给不了你的。你很清楚。

理查德：（几乎大叫）你这个恶魔，为什么谈论她?!

柏莎：（合上手）啊，我多么希望没有遇见你！我诅咒遇见你的那天！

理查德：（痛苦地）我现在碍事了，是吗？你现在想要自由了。只要你说出那句话。

柏莎：（自豪地）你想什么时候都可以。

理查德：然后你就可以自由地约会你的情人？

柏莎：对。

理查德：夜夜如此？

柏莎：（凝视着他，紧张而激动地说着）就是会我的情人！（在自己面前伸出双臂）我的情人！对！我的情人！

（柏莎突然大哭起来，瘫坐在椅子上，双手捂着脸。理查德慢慢走过来，拍拍柏莎的肩膀。）

理查德：柏莎！（她没有回应）柏莎，你自由了。

柏莎：（推开他的手，开始站起来）别碰我！你对我而言就是一个陌生人。你根本不了解我，一点也不了解我的心和灵魂。陌生人！我与一个陌生人生活在一起！

（听到大厅门口有人敲门，柏莎迅速用手绢擦干眼泪，整理好礼服的前襟。理查德听了一会儿，敏锐地看着柏莎，然后转身，走进书房。罗伯特从左边进来。他身穿深棕色的服装，手里拿着一顶棕色的登山帽。）

罗伯特：（安静地关上身后的门）你叫我来的。

柏莎：（站起来）嗯。你想就这么走了——甚至不来这儿——一句话也不说，你疯了吗？

罗伯特：（走向放报纸的桌子，看了看）我要说的在报纸上已经说了。

柏莎：你什么时候写的？昨晚我离开后？

罗伯特：（优雅地）准确地说是在你离开前，我在我的头脑里构思了一部分，剩余最糟糕的部分是我后来才写的。很久之后。

柏莎：你昨晚就写了！

罗伯特：（耸耸肩膀）我是一只训练有素的动物。（走近她）我度过了一个漫长的流浪之夜……在我办公室、在副校长家里、在夜总会、在街上、在我房间里。你的样子总是浮现在我眼前，你的手握在我手心里。柏莎，我永远都不会忘记昨晚。（把帽子放在桌子上，牵起她的手）你为什么不看着我？我不能碰你吗？

柏莎：（指向书房）迪克在里面。

罗伯特：（放下她的手）那样的话，我规矩点儿。

柏莎：你要去哪里？

罗伯特：去国外。也就是去投奔我在萨里的表兄杰克·贾斯蒂斯，外号道杰·贾斯蒂斯。他在乡下有个居所，空气怡人。

柏莎：为什么要去？

罗伯特：（沉默地看着她）你就不能猜一下理由吗？

柏莎：因为我？

罗伯特：嗯。我现在再待在这里不太好。

柏莎：（失望地坐下来）但是，罗伯特，你这样太残忍了，对我对他都太残忍。

罗伯特：他问……发生了什么了吗？

柏莎：（绝望地把手合在一起）没有，他拒绝问我任何事。他说他永远不想知道。

罗伯特：（严肃地点点头）理查德是对的。他总是对的。

柏莎：但是，罗伯特，你必须同他说说。

罗伯特：我要和他说什么？

柏莎：事实！所有事情！

罗伯特：（回忆）不，柏莎。这应该是一个男人和另一个男人之间的对话。我不能将一切都告诉他。

柏莎：他会相信你离开是因为昨晚之后你不敢面对他。

罗伯特：（过了一会儿）嗯，和他比，我不再是一个懦夫。我会见他。

柏莎：（站起来）我去叫他。

罗伯特：（抓住她的手）柏莎！昨晚发生了什么？我要知道的真相是什么？（认真凝视着她的眼睛）在那个神圣的爱情之夜，你是我的吗？难道是我做梦了？

柏莎：（微微一笑）记住你梦中的我。昨晚，在你的梦中，我是你的。

罗伯特：这就是真相——一个梦？这就是你要告诉我的？

柏莎：嗯。

罗伯特：（吻她的双手）柏莎！（用一个柔和的声音）我一生中只有那个梦是真实的，其余的梦我都忘记了。（又吻她的手）现在我可以告诉他事实了。叫他吧。

（柏莎走向理查德的书房然后敲门。没有人回答。她再敲门。）

柏莎：迪克！（没有回答）汉德先生在这里。他想跟你谈谈，跟你说再见。他要走了。（没有回答。大声地在门板上敲打，并用惊慌的声音呼叫）迪克！回答我！

（理查德·罗恩从书房里出来。他立即走向罗伯特，但没伸出手。）

理查德：（冷静地）谢谢你写的那篇关于我的文章。你真是来告别的？

罗伯特：没有什么好感谢的，理查德。我一直是你的朋友，现在也是。现在更比以前好。理查德，你相信我吗？

（理查德坐在椅子上，双手掩面。柏莎和罗伯特沉默地凝视彼此。然后她转过身去，悄悄从右边出去了。罗伯特走向理查德，站在他身边，双手放在椅背上，看着他。沉默许久。外面有一个卖鱼妇正在沿街叫卖，扯着哭腔。）

卖鱼妇：新鲜的都柏林湾鲱鱼！新鲜的都柏林湾鲱鱼！都柏林湾鲱鱼！

罗伯特：（静静地）我会告诉你事实，理查德。你在听吗？

理查德：（仰起脸向后靠着听）嗯，在听。

（罗伯特坐在理查德旁边的椅子上。卖鱼妇的叫卖声飘远了。）

卖鱼妇：新鲜的鲱鱼！都柏林湾鲱鱼！

罗伯特：理查德，我输了。这就是事实。你相信我吗？

理查德：我在听。

罗伯特：我输了。她是你的，就像九年前你第一次遇见她那样。

理查德：你指我们第一次遇见她的时候。

罗伯特：嗯。（朝下看了一会儿）我可以继续说吗？

理查德：说吧。

罗伯特：她离开了。这是我第二次被丢下了。我去副校长家吃了饭。我说你病了，改天晚上再来。我创作了一条新旧结合的警句——也和雕像有关。我喝了杯冰镇调酒。我还到办公室写文章。然后……

理查德：然后呢？

罗伯特：然后我去了一家夜总会。男男女女。至少，他们看起来像女人。我和其中一个跳了舞。她要我去看看她的家。我要继续吗？

理查德：嗯。

罗伯特：在一辆出租车上，我看见了她的家。她住的地方挨近多唐尼布鲁克。出租车上发生了被邓斯·司各脱称为"精神之死"的难以捉摸的事情。要我继续说吗？

理查德：嗯。

罗伯特：她哭了。她告诉我她前夫是个律师。当她告诉我她缺钱时，我给了她一镑。她不肯要而且哭得厉害。然后她从背包里拿起一个小瓶子喝了一些梅丽莎水。我看见她进了她的房子。然后我才走回家。在我房间里，我发现大衣都沾上了梅丽莎水。昨天怎么连我的大衣都这么倒霉，这是第二件了。然后我就换了件衣服，打算早上乘船离开。我整理好行囊就上床睡觉了。我要赶下一班火车到我表哥杰克·贾斯蒂斯那里。他住在萨里郡。也许两个星期，也许更长。你晕船吗？

理查德：你为什么不坐船去？

罗伯特：我睡过了头。

理查德：你打算不辞而别，不来打声招呼？

罗伯特：嗯。

理查德：为什么？

罗伯特：我的故事很烂对吗？

理查德：但是你已经来了。

罗伯特：柏莎捎信让我来的。

理查德：否则……？

罗伯特：要不是那样我也不会来。

理查德：你有没有想过，如果你不来这儿一趟就走了，我会用我自己的方式去理解？

罗伯特：嗯，是的。

理查德：那你希望我相信什么？

罗伯特：我希望你相信我输了。现在柏莎是你的，就像九年前那样，当你——当我们第一次遇见她的时候那样。

理查德：你想知道我做了什么吗？

罗伯特：不想。

理查德：我立马回了家。

罗伯特：你听到柏莎回来了？

理查德：没有。我写了一晚上书，思考了一晚上。（指向书房）在那里。黎明之前我走出家门，在海滨漫步，一圈圈地走。

罗伯特：（摇头）难受。折磨自己。

理查德：听那些关于我的声音。那些说他们爱我的人的声音。

罗伯特：（指向右边的门）就一个。我的呢？

理查德：也还有一个。

罗伯特：（微笑地用右手食指摸摸自己的前额）真的。我那有趣但不知为何有些阴郁的表妹。他们告诉了你什么？

理查德：他们让我死了心吧。

罗伯特：我得说，这是一种表达爱的奇怪方式！你会丧失信心？

理查德：（站了起来）不会。

（罗伯特听到窗口的噪音。他看见阿奇的脸扁平地紧紧贴着窗格。他听到阿奇在叫。）

阿奇：开窗！开窗！

罗伯特：（看着理查德）理查德，你也听见他的声音了吗？和其他人一起——在海滩上？你儿子的声音。（微笑着）听！多么绝望的声音！

阿奇：麻烦你们开下窗户可以吗？

罗伯特：理查德，也许这里才是我们寻找的自由，你用其中一种方式，我用另一种方式。靠他而不是靠我们。也许……

理查德：也许……？

罗伯特：我说了是也许。我几乎可以确定如果……

理查德：如果什么？

罗伯特：（一个淡淡的微笑）如果他是我的。

（罗伯特走向窗户打开了窗。阿奇挤了进来。）

罗伯特：呵，像昨天一样？

阿奇：汉德先生，早上好。（跑向理查德亲了他）早上好，爸爸。

理查德：早上好，阿奇。

罗伯特：小绅士，你去哪里了？

阿奇：和送奶工一起出去了。我驾着马，我们去了布鲁特斯顿。（取下帽子扔在椅子上）我好饿。

罗伯特：（从桌上拿起他的帽子）理查德，再见。（伸出他的手）后会有期！

理查德：（站起来，摸了摸他的手）再见。

（柏莎出现在右边的门口。）

罗伯特：（看见她在看阿奇）拿上帽子，我们一起走吧。我会给你买蛋糕，然后给你讲个故事。

阿奇：（看向柏莎）可以吗？妈妈。

理查德：嗯。

阿奇：（拿起帽子）我好了。

罗伯特：（看向理查德和柏莎）向爸爸和妈妈说再见。但是不用太隆重。

阿奇：汉德先生，您能给我讲一个童话故事吗？

罗伯特：一个童话故事？为什么不可以呢？我就是你的童话之父。

（他们一起从双扇门出去，穿过花园。他们走后，柏莎走到理查德跟前，从身后抱住他的腰。）

柏莎：迪克，亲爱的，你现在相信我对你一直是真心的吗？昨晚是，一直都是。

理查德：（忧伤地）柏莎，不要问我。

柏莎：（和他贴得更紧了）亲爱的，我一直都是。你一定要相信我。我把我自己的所有都给了你。我为了你放弃了一切。你带走了我，然后又离开了我。

理查德：我什么时候离开了你？

柏莎：你离开了我，我一直等待你回到我的身边。亲爱的迪克，来我身边。坐下来。你肯定累坏了！

（柏莎引着理查德走向长椅。他坐下来，几乎是躺着，枕在自己的手臂上。她坐在长椅前的垫子上，抓住他的手。）

柏莎：嗯，亲爱的。我等你。天啊，我们在罗马时，我经历了什么！你还记得我们房子的阳台吗？

理查德：记得。

柏莎：我以前常常坐在那里等你，和拿着玩具的可怜孩子一起等你，老是等到他都困倦了。你可以看见那个城市所有的屋顶和河流，台伯河。名字叫什么？

理查德：台伯河。

柏莎：（理查德用手抚摸着柏莎的脸颊）迪克，夜色很美，只有我很难过。我独自一人，迪克，被你遗忘，被所有人遗忘。我觉得我的人生结束了。

理查德：那时还没有开始。

柏莎：我以前常仰望天空，多么美丽，天空没有一丝云朵，你说的这座城市多么古老，然后我常常想起爱尔兰，想到我们自己。

理查德：我们自己？

柏莎：嗯，我们自己。每一天我都能看见我们自己，你和我，像我们初见时的模样。我生命中的每一天都能看到这一点。我那时对你不真实吗？

理查德：（深深叹气）对，柏莎。你是陪我流亡的新娘。

柏莎：无论你去哪里，我都会跟着你。如果现在你想离开了，我愿意和你一起走。

理查德：我会留下来。现在丧失信心还太早了。

柏莎：（再次爱抚他的手）我可真没想把你身边所有人都赶走。我想让你们更亲近点——你和他。和我说说，把你的全部心事告诉我，说出你的感受和痛苦。

理查德：柏莎，我受伤了。

柏莎：亲爱的，怎么受伤了？跟我说说，这是什么意思。我会努力听懂你说的每一句话。你是怎么受伤的？

理查德：（抽出手，双手抱住她的头，埋下头来久久凝视着她的眼睛）心灵深处有一道因猜疑造成的深深的伤口。

柏莎：（面无表情）怀疑我吗？

理查德：嗯。

柏莎：我是你的。（悄悄地说）如果我现在死去，那我也是你的。

理查德：（依然盯着她，仿佛对着一个透明的人说话）我为你伤害了我的灵魂——这道因猜疑造成的深深的伤口永远不会愈合。我永远不想知道，只要活在这个世界上就永远也不想知道。我不愿知道，也不愿相信。我不在乎。我并非在信仰的黑暗中渴求你，而是在活生生的疼痛不安的猜疑中，渴望不受束缚地拥抱你，即使是爱的束缚，渴望浑身赤裸地在肉体和灵魂上与你结合。现在我暂时累了。我的伤让我累了。

（理查德躺在长椅上，倦怠地伸着懒腰。柏莎抓住他的手，仍然很温柔地说话。）

柏莎：迪克，忘掉我。忘掉我，像第一次那样再次爱上我。我想要我的爱人。去见他，去找他，把自己交给他。你，迪克。啊，我这又奇怪又疯狂的爱人，再次回到我身边吧！

（柏莎闭上双眼。）

詹姆斯·乔伊斯年谱

冯建明

1882 年 (出生)	2 月 2 日,詹姆斯·奥古斯丁·阿洛伊修斯·乔伊斯(James Augustine Aloysius Joyce)出生于爱尔兰都柏林市郊拉斯加(Rathgar)布莱顿区西街(Brighton Square West)41 号,其父约翰·斯坦尼斯劳斯·乔伊斯(John Stanislaus Joyce, 1849—1931)是税务员。这位税务员与其妻玛丽·简(梅)·默里·乔伊斯(Mary Jane [May] Murray Joyce, 1859—1903)共生了 15 个孩子。在这 15 个孩子中,有 10 个活了下来,詹姆斯·乔伊斯在这 10 个孩子中年龄最大。 2 月 5 日,詹姆斯·乔伊斯在一个偏远教区郎德汤(Roundtown)的圣约瑟小教堂(St. Joseph's Chapel of Ease)受洗,施洗牧师是约翰·奥马洛伊(John O'Mulloy)。 5 月,弗雷德里克·卡文迪施勋爵(Lord Frederick Cavendish, 1836—1882)和托马斯·亨利·伯克(Thomas Henry Burke, 1829—1882)在都柏林的凤凰公园(Phoenix Park)遇刺。
1884 年 (2 岁)	4 月,乔伊斯一家从布莱顿区迁居至都柏林市郊拉斯曼司(Rathmines)的卡斯尔伍德大道(Castlewood Avenue)23 号。在乔伊斯一家的多次迁居中,这次是第一次。 乔伊斯一家自 1884 年 4 月至 1887 年 4 月居住在拉斯曼司。 1884 年 12 月 17 日,詹姆斯·乔伊斯的胞弟约翰·斯坦尼斯劳斯(斯坦尼)·乔伊斯(John Stanislaus "Stannie" Joyce, 1884—1955)出生。在詹姆斯·乔伊斯健在的兄弟姐妹 9 人中,他与斯坦尼斯劳斯·乔伊斯的关系最亲密。
1886 年 (4 岁)	英国首相兼自由党领袖威廉·尤尔特·格拉德斯通(William Ewart Gladstone, 1809—1898)的《自治法案》(Home Rule Bill)未获通过。

1887 年　4 月，乔伊斯一家迁居至金斯敦（Kingstown），即邓莱里（Dún
（5 岁）　Laoghaire）南部布雷（Bray）的马尔泰洛碉堡（Martello）或
　　　　　称圆形炮塔 1 号平台，他们在那里住到 1891 年 8 月。
　　　　　4 月，《伦敦时报》（The London Times）发表了该报记者理
　　　　　查德·皮戈特（Richard Pigott, 1838? —1889）对爱尔兰自
　　　　　治党领袖查尔斯·斯图尔特·帕内尔（Charles Stewart
　　　　　Parnell, 1846—1891）的指控。

1888 年　9 月，詹姆斯·乔伊斯被送到基尔代尔县（County Kildare）
（6 岁）　萨林斯（Sallins）附近的克朗戈伍斯森林公学（Clongowes
　　　　　Wood College），这是一家耶稣会寄宿学校。乔伊斯一直在这
　　　　　里待到 1891 年 6 月，在这期间，他仅在假期回家。

1889 年　2 月，理查德·皮戈特被揭发弄虚作假，他自己承认了作假
（7 岁）　行为。在此期间，查尔斯·斯图尔特·帕内尔在议会的政治
　　　　　权威达到顶峰。
　　　　　3 月，理查德·皮戈特自杀。
　　　　　3 月，詹姆斯·乔伊斯因使用"粗言秽语"而在学校被藤鞭
　　　　　抽打了 4 下。
　　　　　12 月，下议院议员威廉·亨利·奥谢上尉（Captain William
　　　　　Henry O'Shea, 1840—1905）提出与其妻凯瑟琳·奥谢
　　　　　（Katherine O'Shea, 1846—1921）即凯蒂·奥谢（Katie
　　　　　O'Shea）或基蒂·奥谢（Kitty O'Shea）离婚，理由是她与
　　　　　查尔斯·斯图尔特·帕内尔通奸。
　　　　　阿瑟·格里菲思（Arthur Griffith, 1872—1922）创办一份周
　　　　　报《联合起来的爱尔兰人》（United Irishman）。

1890 年
（8 岁）　查尔斯·斯图尔特·帕内尔在爱尔兰自治党内倒台。

1891 年　10 月 6 日（从此以后成为"常春藤日"），"爱尔兰无冕之
（9 岁）　王"查尔斯·斯图尔特·帕内尔在布莱顿谢世。
　　　　　1891 年底，詹姆斯·乔伊斯写了一首名为《还有你，希利》
　　　　　（Et Tu, Healy）的挽歌，以纪念查尔斯·斯图尔特·帕内
　　　　　尔并抨击曾经做过帕内尔的副手，后来成为已故英雄的死敌
　　　　　的蒂莫西·迈克尔·希利（Timothy Michael Healy, 1855—
　　　　　1931），后者亦被称作蒂姆·希利（Tim Healy）。
　　　　　约翰·斯坦尼斯劳斯·乔伊斯——帕内尔的坚定拥护者——
　　　　　设法出版了《还有你，希利》。但该诗的印刷稿没有一份被
　　　　　保存下来。

詹姆斯·乔伊斯从克朗戈伍斯森林公学退学。

1892 年 乔伊斯一家移居位于都柏林市郊布莱克罗克（Blackrock）凯
（10 岁） 里斯福特大街（Carysfort avenue）23 号，他们在那里居住到
同年 11 月。

詹姆斯·乔伊斯在 1892 年没有上学。

自 1892 年 11 月至 1894 年底，乔伊斯一家居住在菲茨吉本
大街 14 号。

威廉·尤尔特·格拉德斯通的《自治法案》又未获通过。

1893 年 4 月，詹姆斯·乔伊斯开始在另一所耶稣会创办的学校贝尔
（11 岁） 韦代雷公学（Belvedere College）上学，他在那里是走读生。

盖尔联合会（the Gaelic League）由爱俄·麦克尼尔（Eoin
MacNeill，Irish：*Eoin Mac Néill*，1867—1945）和道格拉
斯·海德（Douglas Hyde，Irish：*Dubhghlas de hÍde*，1860—
1949）创立，旨在复兴爱尔兰语和爱尔兰传统。

乔伊斯一家分别在菲茨吉本大街 14 号和哈德威克大街 29 号
两处居住过。

1894 年 10 月，乔伊斯一家从菲茨吉本大街 14 号迁居至庄康爪
（12 岁） （Drumcondra）米尔伯恩大街（Millbourne Avenue）霍利韦
尔别墅（Holywell Villas）2 号。

詹姆斯·乔伊斯阅读查尔斯·兰姆（Charles Lamb，1764—
1834）所著《尤利西斯历险记》（*The Adventures of Ulysses*，
1808），他选择足智多谋的尤利西斯作为其最喜爱的英雄，
并写了一篇名为《我最喜爱的英雄》（*My Favourite Hero*）
的作文。

1895 年 詹姆斯·乔伊斯参加圣母马利亚联谊会（the Sodality of the
（13 岁） Blessed Virgin Mary）。

1896 年 4 月，乔伊斯一家移居里士满北大街（North Richmond
（14 岁） Street），并在此处住到同年 11 月。

从 1896 年 9 月至 1899 年 7 月，乔伊斯一家住在费尔维尤
（Fairview）温莎大街（Windsor Avenue）29 号。

9 月，詹姆斯·乔伊斯在圣母马利亚联谊会里被选举为负
责人。

詹姆斯·乔伊斯遇到一个妓女，后者让他首次体验了性生活。

据信，《勿信外表》（*Trust Not Appearances*）是詹姆斯·乔
伊斯在贝尔韦代雷公学求学期间每周写作练习中唯一保存下
来的作文，它写于 1896 年。

1897 年 （15 岁）	1897 年春，詹姆斯·乔伊斯因考试成绩名列第 13 而获得 33 英镑奖学金。 詹姆斯·乔伊斯与其母同去礼拜。 10 月，詹姆斯·乔伊斯购买了《效法基督》（*Imitation of Christ*）一书。这被视为乔伊斯最后一次对宗教的热情。
1898 年 （16 岁）	6 月，詹姆斯·乔伊斯逃避了一次宗教课考试。 7 月，詹姆斯·乔伊斯偶遇一位"像鸟一样的少女"。 詹姆斯·乔伊斯离开贝尔韦代雷公学。 9 月，詹姆斯·乔伊斯就读都柏林大学（University College Dublin）。 9 月 27 日，詹姆斯·乔伊斯写了一篇论"力"（Force）的小品文。 据信，詹姆斯·乔伊斯在 1898 年至 1899 年参加都柏林大学入学考试时撰写了题为《语言学习》（*The Study of Languages*）的杂文。
1899 年 （17 岁）	5 月，爱尔兰文学剧场（Irish Literary Theatre）开始演出威廉·巴特勒·叶芝（William Butler Yeats，1865—1939）创作的戏剧《伯爵夫人凯瑟琳》（*The Countess Cathleen*）。詹姆斯·乔伊斯当时看过演出。 自 7 月至 9 月，詹姆斯·乔伊斯在费尔维尤的修女大街（Convent Avenue）消夏。 自 1899 年 9 月至 1900 年 5 月，詹姆斯·乔伊斯居住在里士满大街（Richmond Avenue）13 号。 9 月，詹姆斯·乔伊斯写了一篇论《戴荆冠的耶稣画像》或译作《你们看这个人》（*Ecce Homo*）的杂文。 10 月，查尔斯·斯图尔特·帕内尔纪念碑基座被建在都柏林萨克威尔上游大街（Upper Sackville Street），即奥康内尔大街（O'Connell Street）。
1900 年 （18 岁）	1 月 10 日，詹姆斯·乔伊斯写了一篇名为《戏剧与人生》（*Drama and Life*）的文章。 1 月 20 日，詹姆斯·乔伊斯在文学与历史协会（Literary and Historical Society）门前宣读了这篇题为《戏剧与人生》（*Drama and Life*）的讲演稿。 2 月，詹姆斯·乔伊斯观看了由乔治·摩尔（George Moore，1852—1933）和爱德华·马丁（Edward Martyn，1859—1923）合创的戏剧《折枝》（*The Bending of the Bough*，1900）。

4月1日，詹姆斯·乔伊斯的评论《易卜生的新剧》（*Ibsen's New drama*）发表在《半月评论》（*Fortnightly Review*）上。该文是关于亨里克·约翰·易卜生（Henrik Johan Ibsen，1828—1906）的戏剧《当我们死而复生时》（*When We Dead Awaken*，1899）的评论，它是詹姆斯·乔伊斯第一部正式发表的作品。

4月，詹姆斯·乔伊斯收到亨里克·约翰·易卜生的致谢信。

5月，乔伊斯一家从里士满大街 13 号迁居至费尔维尤皇家阳台（Royal Terrace）8 号。

1901 年
（19 岁） 3月，詹姆斯·乔伊斯向亨里克·约翰·易卜生寄去一封贺寿信。

自 1901 年 10 月至 1902 年 9 月，乔伊斯一家居住在格伦加里夫广场（Glengariff Parade）32 号。

10 月 15 日，詹姆斯·乔伊斯写了一篇名为《喧嚣的时代》（*The Day of the Rabblement*）的文章。

《喧嚣的时代》与弗朗西斯·斯凯芬顿（Francis Skeffington）的一篇散文合在一起，以《两篇散文》（*Two Essays*）为题，自费在都柏林发表。

1902 年
（20 岁） 2月15日，詹姆斯·乔伊斯在都柏林大学的文学与历史协会里宣读了一篇关于爱尔兰诗人詹姆斯·克拉伦斯·曼根（James Clarence Mangan，1803—1949）的讲演稿。

10 月，詹姆斯·乔伊斯在圣塞西莉亚的一家医学院注册。

10 月，詹姆斯·乔伊斯在都柏林大学获得文学学士学位。

11 月，詹姆斯·乔伊斯的评论《一位爱尔兰诗人》（*An Irish Poet*）在都柏林《每日快报》（*Daily Express*）发表，其对威廉·鲁尼（William Rooney）的作品《诗篇与民谣》（*Poems and Ballads*）进行了评论。

11 月，詹姆斯·乔伊斯同威廉·巴特勒·叶芝和伊莎贝拉·奥古斯塔·格雷戈里（Isabella Augusta Gregory，1852—1932）在拿骚酒店（Nassau Hotel）就餐。伊莎贝拉·奥古斯塔·格雷戈里亦被称作格雷戈里夫人（Lady Gregory）。

12 月 1 日，詹姆斯·乔伊斯离开都柏林去了巴黎。

12 月 11 日，詹姆斯·乔伊斯在都柏林的《每日快报》上发表评论，对沃尔特·杰罗尔德斯（Walter Jerrolds）的作品《乔治·梅雷迪斯》（*George Meredith*）进行了评论。

12 月 24 日，詹姆斯·乔伊斯结识爱尔兰文艺复兴运动中的重要诗人奥利弗·圣约翰·戈加蒂（Oliver St. John Gogarty，1878—1957）——《尤利西斯》（*Ulysses*，1922）中巴克·马利根（Buck Mulligan）的原型。

同年末，乔伊斯一家移居圣彼得阳台（Saint Peter's Terrace）7 号。

1903 年
（21 岁）

1 月 29 日，詹姆斯·乔伊斯在都柏林的《每日快报》上发表文章，对斯蒂芬·格温（Stephen Lucius Gwynn，1864—1950）的作品《爱尔兰的今天和明天》（*Today and Tomorrow in Ireland*）进行了评论。

2 月 6 日，詹姆斯·乔伊斯在都柏林的《每日快报》上发表题为《温和哲学》（*A Suave Philosophy*）的文章，对菲尔丁-霍尔（Fielding-Hall）的作品《民族魂》（*The Soul of a People*）进行了评论。

2 月 6 日，詹姆斯·乔伊斯在都柏林的《每日快报》上发表题为《缜思之努力》（*An Effort at Precision in Thinking*）的文章，对詹姆斯·安斯蒂（James Anstie）的作品《大众谈话》（*Colloquies of Common People*）进行了评论。

2 月 6 日，詹姆斯·乔伊斯在都柏林的《每日快报》上发表题为《殖民诗》（*Colonial Verses*）的文章，对克莱夫·菲利普斯-沃利（Clive Phillips-Wolley）的作品《英国以扫之歌》（*Songs of an English Esau*）进行了评论。

2 月 13 日，詹姆斯·乔伊斯在其《巴黎笔记》（*Paris Notebook*）上指出"喜剧优于悲剧"。

3 月 6 日，詹姆斯·乔伊斯在其《巴黎笔记》上探讨了艺术的 3 种形式：抒情的形式、史诗的形式和戏剧的形式。

3 月 21 日，詹姆斯·乔伊斯的评论发表在伦敦的《发言人》（*Speaker*）上，其对亨里克·约翰·易卜生所创作的《卡蒂利纳》（*Catilina*，1850）的法译本进行了评论。

3 月 26 日，詹姆斯·乔伊斯在爱尔兰的《每日快报》上发表题为《爱尔兰之魂》（*The Soul of Ireland*）的评论，对格雷戈里夫人的作品《诗人与梦想家》（*Poets and Dreamers*）进行了评论。

3 月 28 日，詹姆斯·乔伊斯在其《巴黎笔记》上，给艺术下了定义。

4月7日，詹姆斯·乔伊斯在都柏林的《爱尔兰时报》（Irish Times）上发表了一篇题为《汽车公开赛》（The Motor Derby）的文章。该文的副标题为《法国冠军采访录》（Interview with the French Champion ［from a correspondent］）。

4月10日，詹姆斯·乔伊斯收到父亲的电报后，便动身返回都柏林。这份电报上写道："毋［母］病危"（NOTHER ［MOTHER］DYING）。

8月13日，詹姆斯·乔伊斯的母亲病故，他烧毁了父亲给母亲的情书。

9月3日，詹姆斯·乔伊斯在都柏林的《每日快报》上发表评论，对约翰·伯内特（John Burnet）的作品《亚里士多德论教育》（Aristotle on Education）进行了评论。

9月17日，詹姆斯·乔伊斯在都柏林的《每日快报》上发表题为《新小说》（New Fiction）的评论，对阿奎拉·肯普斯特（Aquila Kempster）的作品《阿迦·米尔扎王子历险记》（The Adventures of Prince Aga Mirza）进行了评论。

9月17日，詹姆斯·乔伊斯在都柏林的《每日快报》上发表评论，对莱恩·艾伦（Lane Allen）的作品《牧场活力》（The Mettle of the Pasture）进行了评论。

9月17日，詹姆斯·乔伊斯在都柏林的《每日快报》上发表题为《窥史》（A Peep Into History）的评论，对约翰·波洛克（John Pollock）的作品《主教的阴谋》（The Popish Plot）进行了评论。

10月1日，詹姆斯·乔伊斯在都柏林的《每日快报》上发表题为《法国宗教小说》（A French Religious Novel）的评论，对玛塞尔·蒂奈尔（Marcelle Tinayre）的作品《罪之屋》（The House of Sin）进行了评论。

10月1日，詹姆斯·乔伊斯在都柏林的《每日快报》上发表题为《不压韵的诗》（Unequal Verse）的评论，对弗雷德里克·兰布里奇（Frederick Langbridge）的作品《民谣与传说》（Ballads and Legend）进行了评论。

10月1日，詹姆斯·乔伊斯在都柏林的《每日快报》上发表题为《阿诺德·格雷夫斯先生》（Mr. Arnold Graves）的评论，对阿诺德·格雷夫斯（Arnold Graves）的作品《克吕泰墨斯特拉：一场悲剧》（Clytoemnestra：A Tragedy）进行了评论。

10 月 15 日，詹姆斯·乔伊斯在都柏林的《每日快报》上发表题为《被忽视的诗人》(*A Neglected Poet*) 的评论，对艾尔弗雷德·安杰 (Alfred Ainger) 的作品《乔治·格拉贝》(*George Grabbe*) 进行了评论。

10 月 15 日，詹姆斯·乔伊斯在都柏林的《每日快报》上发表题为《梅森先生的小说》(*Mr. Mason's Novels*) 的评论，对艾尔弗雷德·爱德华·伍德利·梅森 (Alfred Edward Woodley Mason, 1865—1948) 的小说进行了评论。

10 月 30 日，詹姆斯·乔伊斯在都柏林的《每日快报》上发表题为《布鲁诺哲学》(*The Bruno Philosophy*) 的评论，对 J. 刘易斯·麦金太尔 (J. Lewis McIntyre) 的作品《乔达诺·布鲁诺》(*Giordano Bruno*) 进行了评论。

11 月 12 日，詹姆斯·乔伊斯在都柏林的《每日快报》上发表题为《人道主义》(*Humanism*) 的评论，对费迪南·坎宁·斯科特·席勒 (Ferdinand Canning Scott Schiller, 1864—1937) 的作品《人道主义：哲学随笔》(*Humanism：Philosophical Essays*) 进行了评论。

11 月 12 日，詹姆斯·乔伊斯在都柏林的《每日快报》上发表题为《讲解莎士比亚》(*Shakespeare Explained*) 的评论，对 A. S. 坎宁 (A. S. Canning) 的作品《莎士比亚八剧研究》(*Shakespeare Studied in Eight Plays*) 进行了评论。

11 月 26 日，詹姆斯·乔伊斯在都柏林的《每日快报》上发表文章，对 T. 巴伦·拉塞尔 (T. Baron Russell) 的作品《博莱斯父子》(*Borlase and Son*) 进行了评论。

1904 年
(22 岁)

1 月，詹姆斯·乔伊斯开始撰写《斯蒂芬英雄》(*Stephen Hero*, 1944)。此书是《艺术家年轻时的写照》(*A Portrait of the Artist as a Young Man*, 1916) 初稿的一部分。1944 年版的《斯蒂芬英雄》由西奥多·斯潘塞 (Theodore Spencer, 1902—1949) 校订，由纽约的新方向出版社和伦敦的乔纳森·凯普出版社出版。

2 月，詹姆斯·乔伊斯创作完《斯蒂芬英雄》的第一章。

这年春天，詹姆斯·乔伊斯在多基 (Dalkey) 的克利夫顿学校 (Clifton School) 获得授课之职，他在那里一直待到同年 6 月底。

5月，詹姆斯·乔伊斯参加了"爱尔兰音乐节"（Feis Ceoil）歌咏赛。此音乐节是每年一次的爱尔兰艺术节。詹姆斯·乔伊斯在歌咏赛上获得三等奖，得到铜质奖章。

大约在6月10日，詹姆斯·乔伊斯遇到一位名叫诺拉·巴那克尔（Nora Barnacle，1884—1951）的戈尔韦（Galway）女孩。该女子当时正在都柏林的芬恩旅馆（Finn's Hotel）工作。

也许，在6月16日——布卢姆日（Bloomsday）——詹姆斯·乔伊斯与诺拉·巴那克尔约会。正是这一日被詹姆斯·乔伊斯选为小说《尤利西斯》的故事发生日。

7月，詹姆斯·乔伊斯创作完短篇小说《姐俩》或译作《姐妹们》（The Sisters），并为此领到一沙弗林（sovereign）稿费。

8月13日，詹姆斯·乔伊斯创作的短篇小说《姐俩》在A. E. 或Æ即乔治·威廉·拉塞尔（George William Russell，1867—1935）任编辑的报纸《爱尔兰家园》（The Irish Homestead）上发表。詹姆斯·乔伊斯发表这篇作品时，采用的笔名是斯蒂芬·代达罗斯。

9月，詹姆斯·乔伊斯住在桑迪湾马尔泰洛碉堡（Sandycove Martello Tower）。此处由奥利弗·戈加蒂租下。在这里与詹姆斯·乔伊斯一起住的有奥利弗·戈加蒂和塞缪尔·特伦奇（Samuel Trench）。

9月10日，詹姆斯·乔伊斯创作的《伊芙琳》（Eveline）在《爱尔兰家园》上发表。

10月8日，詹姆斯·乔伊斯和诺拉·巴那克尔离开都柏林，前往瑞士东北部城市苏黎世。在1904年离开都柏林前大约2个月，詹姆斯·乔伊斯创作了一首讽刺诗《宗教法庭》（The Holy Office）。

10月20日，詹姆斯·乔伊斯和诺拉·巴那克尔到达的里雅斯特（Trieste）——意大利东北部港市。

10月21日，詹姆斯·乔伊斯和诺拉·巴那克尔到达普拉镇（Pola 或 Pula）。

11月7日，詹姆斯·乔伊斯在其《普拉笔记》中主张善、真、美（the good，the true，and the beautiful）三合一。

11月15日，詹姆斯·乔伊斯在其《普拉笔记》中引用中世纪意大利经院哲学家圣托马斯·阿奎那（Saint Thomas Aquinas，1225—74）的语句讨论美。

11月16日，詹姆斯·乔伊斯在其《普拉笔记》中讨论"理解的行为"（the act of apprehension）。

11月，詹姆斯·乔伊斯开始创作短篇小说《泥土》（Clay），直至1906年底才写完，它与《都柏林人》的其他短篇小说集合在了一起，在1914年发表。

12月17日，詹姆斯·乔伊斯的短篇小说《车赛之后》（After the Race）在《爱尔兰家园》上发表。

12月，由爱尔兰国家戏剧协会（Irish National Theatre Society）在都柏林筹建的阿比剧院（Abbey Theatre）开始公演。

1905年
（23岁）

1月至3月，詹姆斯·乔伊斯住在奥地利普拉镇维亚梅蒂诺路（Via Medolino）7号。

3月，詹姆斯·乔伊斯到的里雅斯特市伯利兹学校任课。

自3月至5月，詹姆斯·乔伊斯住在的里雅斯特市蓬泰偌索广场（Piazza Ponterosso）3号。

自1905年5月至1906年2月，詹姆斯·乔伊斯住在的里雅斯特市维亚圣尼古拉路（Via S Nicolò）30号。

7月，詹姆斯·乔伊斯创作了短篇小说《寄寓》（The Boarding House）。该作品最早作为《都柏林人》的一篇故事，于1914年发表。

7月，詹姆斯·乔伊斯创作了短篇小说《对手》（Counterparts）。该作品最初发表于1914年。

7月，詹姆斯·乔伊斯对短篇小说《悲痛的往事》（A Painful Case）进行了几次修改，它最早作为《都柏林人》的一篇故事，于1914年发表。

7月27日，詹姆斯·乔伊斯的儿子乔治亚·乔伊斯（Giorgio Joyce）出生。

詹姆斯·乔伊斯的短篇小说《委员会办公室里的常春藤日》（Ivy Day in the Committee Room）在1905年夏写完，它最初发表于1914年。

9月，詹姆斯·乔伊斯的短篇小说《偶遇》（An Encounter）完成，它被收入第一版《都柏林人》中。

9月底，詹姆斯·乔伊斯的短篇小说《母亲》（*A Mother*）完成，它最初作为《都柏林人》的一篇故事，于 1914 年发表。

10 月中旬，詹姆斯·乔伊斯的短篇小说《阿拉比》（*Araby*）完成，它最初发表于 1914 年。

詹姆斯·乔伊斯的短篇小说《圣恩》（*Grace*）大部分写于 1905 年，部分修改于 1906 年，该作最初发表于 1914 年。

10 月 20 日，斯坦尼斯劳斯·乔伊斯离开都柏林，来到的里雅斯特，与詹姆斯·乔伊斯一家住在一起。

11 月，新芬党（Sinn Féin party）创立。在爱尔兰语中，"Sinn Féin" 表示"我们自己"（ourselves/we ourselves），但常被误译作"只有我们自己"（ourselves alone）。

12 月，詹姆斯·乔伊斯把由 12 篇短篇小说组成的《都柏林人》交给出版商格兰特·理查兹（Grant Richards）。

詹姆斯·乔伊斯的诗歌《宗教法庭》自费出版。

1906 年
（24 岁）
2 月，乔伊斯一家住进薄伽丘路（Via Giovanni Boccaccio）的一幢公寓。

7 月，詹姆斯·乔伊斯带诺拉·巴那克尔和乔治亚·乔伊斯到达罗马。

8 月，詹姆斯·乔伊斯开始在纳斯特-科尔布和舒马赫（Nast-Kolb & Schumacher）银行任职员。

9 月，乔伊斯一家迁至另一所公寓，该公寓位于维亚蒙特布里安丘山路（Via Monte Brianzo）。

詹姆斯·乔伊斯完成了短篇小说《两个浪子》（*Two Gallants*）的创作，该作品最初发表于 1914 年。

詹姆斯·乔伊斯的短篇小说《一小片云》（*A Little Cloud*）完成，它最初发表于 1914 年。

1907 年
（25 岁）
1 月 17 日，詹姆斯·乔伊斯与埃尔金·马修斯出版社（Elkin Matthews）签下出版诗集《室内乐》（*Chamber Music*，1907）的合同。

3 月 7 日，詹姆斯·乔伊斯一家回到的里雅斯特。

3 月 22 日，詹姆斯·乔伊斯用意大利文撰写的评论《女性主义：最后的芬尼亚勇士》（*Il Fenianismo. L'Ultimo feniano*）在的里雅斯特的《晚邮报》（*Il Piccolo della Sera*）上发表。

4 月 27 日，詹姆斯·乔伊斯在的里雅斯特民众大学（Università Popolare Triestina）用意大利文做了一个题为《爱尔兰，圣贤之岛》（*Irlanda，Isola dei Santi e dei Savi*）的讲演。

5 月 10 日，詹姆斯·乔伊斯的诗集《室内乐》在伦敦由埃尔金·马修斯出版社出版。

5 月 19 日，詹姆斯·乔伊斯用意大利文撰写的评论《自治法案进入成熟期》（*Home Rule Maggiorenne*）在的里雅斯特的《晚邮报》上发表。

7 月 26 日是圣安妮节（St Anne's day），詹姆斯·乔伊斯的女儿露西娅·安娜·乔伊斯（Lucia Anna Joyce）出生。

9 月 16 日，詹姆斯·乔伊斯用意大利文撰写的评论《公审中的爱尔兰》（*L'Irland alla Sbarra*）在的里雅斯特的《晚邮报》上发表。

1907 年，詹姆斯·乔伊斯的短篇小说《死者》写于的里雅斯特，该作最早作为《都柏林人》的一篇故事，于 1914 年发表。

1908 年（26 岁） 詹姆斯·乔伊斯完成《艺术家年轻时的写照》前三章。

1909 年（27 岁） 3 月 24 日，詹姆斯·乔伊斯用意大利文撰写的评论《奥斯卡·王尔德：〈莎乐美〉的诗人作者》（*Oscar Wilde：Il Poeta di 'Salome'*）在的里雅斯特的《晚邮报》上发表。

4 月，詹姆斯·乔伊斯修改过的《都柏林人》被送到都柏林的蒙塞尔出版公司（Maunsel & Company）。

8 月 6 日，文森特·科斯格罗夫（Vincent Cosgrave）——《艺术家年轻时的写照》中林奇（Lynch）的原型——断言诺拉·巴那克尔背叛过詹姆斯·乔伊斯。

8 月 7 日，詹姆斯·乔伊斯找住在埃克尔斯街 7 号的老朋友 J. F. 伯恩（J. F. Byrne）——《艺术家年轻时的写照》中克兰利（Cranly）的原型——帮忙。埃克尔斯街 7 号是《尤利西斯》主角利奥波德·布卢姆（Leopold Bloom）的家。

8 月，詹姆斯·乔伊斯带着儿子乔治亚·乔伊斯回到爱尔兰。

8 月 31 日，詹姆斯·乔伊斯在都柏林用意大利文写了一篇文章，该文题目为《萧伯纳与审查员的交锋：布兰科·波斯内特的出现》（*La Battaglia Fra Bernard Shaw e la Censura. "Blanco Posnet Smascherato"*）。

9月5日，詹姆斯·乔伊斯用意大利文撰写的文章《萧伯纳与审查员的交锋：布兰科·波斯内特的出现》在的里雅斯特的《晚邮报》上发表。

9月9日，詹姆斯·乔伊斯带着儿子乔治亚·乔伊斯以及妹妹伊娃·乔伊斯（Eva Joyce）回到的里雅斯特。

10月21日，詹姆斯·乔伊斯回到都柏林。

12月20日，詹姆斯·乔伊斯开设的沃尔特电影院（Cinematographic Volta）开始营业。

詹姆斯·乔伊斯送给妻子一条项链，上面刻着"爱之离，爱则悲"（Love is unhappy when love is away）。

1910年
（28岁）

1月，詹姆斯·乔伊斯回到的里雅斯特。

6月，沃尔特电影院被卖掉，赔600英镑。

12月22日，詹姆斯·乔伊斯用意大利文撰写的文章《自治法案彗星》（La Cometa dell "Home Rule"）在的里雅斯特的《晚邮报》上发表。

1912年
（30岁）

3月，詹姆斯·乔伊斯用意大利文在的里雅斯特民众大学做了一个关于威廉·布莱克（William Blake，1757—1827）的讲演。

5月16日，詹姆斯·乔伊斯用意大利文撰写的文章《忆帕内尔》（L'Ombra di Parnell）在的里雅斯特的《晚邮报》上发表。

自7月至9月，詹姆斯·乔伊斯回爱尔兰办事，此行是他最后一次回爱尔兰。其间，乔伊斯到过戈尔韦（Galway）和都柏林。

8月11日，詹姆斯·乔伊斯用意大利文撰写的文章《部落城市：意大利语在爱尔兰港回荡》（La Città delle Tribù；Ricordi Italiani in un Porto Irlandese）在的里雅斯特的《晚邮报》上发表。

8月23日，都柏林的蒙塞尔出版公司（Maunsel & Company）拒绝出版《都柏林人》。

9月5日，詹姆斯·乔伊斯用意大利文撰写的文章《阿兰岛渔夫的幻想：发生战争时英格兰的安全阀》（Il Miraggio del Pescatore di Aran. La Valvola dell'Inghilterra in Caso di Guerra）在的里雅斯特的《晚邮报》上发表。

9月10日，詹姆斯·乔伊斯的文章《政治与牛疫》（*Politics and Cattle Disease*）在《自由人杂志》（*Freeman's Journal*）上发表。

9月，詹姆斯·乔伊斯的讽刺诗《火炉冒出的煤气》（*Gas from a Burner*）在的里雅斯特自费出版。

1913年
（31岁）
詹姆斯·乔伊斯经威廉·巴特勒·叶芝介绍，与艾兹拉·庞德（Ezra Pound，1885—1972）交往。

詹姆斯·乔伊斯开始为创作剧本《流亡者》（*Exiles*，1918）做笔记。

1914年
（32岁）
2月，詹姆斯·乔伊斯的小说《艺术家年轻时的写照》在伦敦杂志《自我主义者》（*Egoist*）上分期发表。

3月，詹姆斯·乔伊斯开始写小说《尤利西斯》，但又暂时停下《尤利西斯》的创作，以便撰写《流亡者》。《流亡者》于1915年完成。

6月15日，詹姆斯·乔伊斯的短篇小说集《都柏林人》由伦敦格兰特·理查兹有限公司（Grant Richards Ltd）出版。

7月15日，《〈都柏林人〉与詹姆斯·乔伊斯先生》（*Dublinersand Mr. James Joyce*）——艾兹拉·庞德关于《都柏林人》的评论——在《自我主义者》上发表。

1915年
（33岁）
4月，詹姆斯·乔伊斯离开的里雅斯特去瑞士。

6月，詹姆斯·乔伊斯一家到达苏黎世。

8月，在艾兹拉·庞德、埃德蒙·戈斯（Edmund Gosse，1849—1928）和威廉·巴特勒·叶芝的帮助下，詹姆斯·乔伊斯获得一笔由不列颠皇家文学基金会（British Royal Literary Fund）颁发的资金。

9月，詹姆斯·乔伊斯完成剧本《流亡者》。

1916年
（34岁）
9月，詹姆斯·乔伊斯收到不列颠国库基金（British Treasury Fund）赠予的100英镑。

12月29日，詹姆斯·乔伊斯的小说《艺术家年轻时的写照》由纽约的B. W. 许布希出版社（B. W. Huebsch）出版。

伦敦自我主义者出版社（Egoist Press）出版《艺术家年轻时的写照》。

纽约的现代书屋（Modern Library）出版《都柏林人》。

《都柏林人》一个版本由纽约的B. W. 许布希出版社出版。

詹姆斯·乔伊斯创作了一首题为《杜利的谨慎》（*Dooleysprudence*）的诗。

1917年
（35岁）

2月，《小说终于出现》（*At last the Novel Appears*）——艾兹拉·庞德关于《艺术家年轻时的写照》的评论——在《自我主义者》上发表。

4月1日，詹姆斯·乔伊斯在由 B. W. 许布希出版社出版的《艺术家年轻时的写照》中校出 365 处错误。

4月24日，复活节起义（Easter Rebellion）主要发生在都柏林。

8月，艾兹拉·庞德撰写的《詹姆斯·乔伊斯的长篇小说》（*James Joyce's Novel*）在《小评论》（*Little Review*）上发表。

8月，詹姆斯·乔伊斯做了眼部手术。

10月，为了康复，詹姆斯·乔伊斯去瑞士南部洛迦诺（Locarno）疗养。

哈里特·肖·韦弗（Harriet Shaw Weaver，1876—1961）——《自我主义者》杂志的编辑——开始匿名资助詹姆斯·乔伊斯。

埃蒙·德·瓦勒拉（Éamon de Valera，1882—1975）被选为新芬党主席。

1916年版的《艺术家年轻时的写照》由自我主义者出版社再版。

詹姆斯·休谟克（James Huneker，1857—1921）的评论《詹姆斯·乔伊斯》被收入斯克里布纳出版社（Scribner）出版的《独角兽》（*Unicorns*，1917）中。

1918年
（36岁）

1月，詹姆斯·乔伊斯回到苏黎世。

2月，詹姆斯·乔伊斯翻译的迭戈·安杰利（Diego Angeli）的评论《论〈写照〉的意大利书评》（*Un Romanzo di Gesuiti*）在《自我主义者》上发表。

3月，长篇小说《尤利西斯》第一章由纽约《小评论》发表。

1918年，《尤利西斯》如下各章先后在《小评论》上发表：

3月，《忒勒马科斯》（*Telemachus*）；

4月，《涅斯托耳》（*Nestor*）；

5月，《普洛透斯》（*Proteus*）；

6月，《卡吕普索》（*Calypso*）；

7 月，《食莲者》（*Lotus eaters*）；

9 月，《冥府》（*Hades*）；

10 月，《埃俄罗斯》（*Eolus*）。

5 月，詹姆斯·乔伊斯的《流亡者》由伦敦格兰特·理查兹有限公司出版。

1919 年
（37 岁） 1 月，爱尔兰议会第一次会议召开。

10 月，詹姆斯·乔伊斯和家人返回的里雅斯特。

1919 年，《尤利西斯》如下各章先后在《小评论》上发表：

1 月和 2 月/3 月，《勒斯特里冈尼亚人》（*Lestrygonians*）；

4 月和 5 月，《斯库拉与卡律布狄斯》（*Scylla and Charybdis*）；

6 月和 7 月，《游岩》（*Wandering Rocks*）；

8 月和 9 月，《赛壬》（*Sirens*）；

11 月和 12 月，《独眼巨人》（*Cyclops*）一部分。

4 月 10 日，英国女作家弗吉尼亚·伍尔夫（Virginia Woolf，1882—1941）的《现代长篇小说》（*Modern Novels*）在《时代文学供给》（*Times Literary Supply*）上发表。伍尔夫在此文中赞赏了詹姆斯·乔伊斯叙事技巧的原创性。1925 年，《现代长篇小说》改题为《现代小说》（*Modern Fiction*），刊登在《普通读者》（*The Common Reader*）上。

6 月，由一位匿名作者撰写的题为《与新小说共超巅峰》（*Over the Top with the New Novelists*）的文章发表在《时事评论》（*Current Opinion*）上，该文对连载中的《尤利西斯》和《艺术家年轻时的写照》进行了评论，文中大量征引了弗吉尼亚·伍尔夫的《现代长篇小说》中的语句。

1920 年
（38 岁） 6 月，詹姆斯·乔伊斯带其子乔治亚·乔伊斯到意大利的代森扎诺-德尔加达（Desenzano del Garda）与艾兹拉·庞德会晤。

6 月，詹姆斯·乔伊斯在艾兹拉·庞德的建议下，携带家人迁居巴黎。

1920 年，《尤利西斯》如下各章先后在《小评论》上发表：

1 月和 2 月，《独眼巨人》（*Cyclops*）剩余部分；

4 月，5 月/6 月和 7 月/8 月，《瑙西卡》（*Nausikaa*）；

9 月/12 月，《太阳神的牛》（*Oxen of the Sun*）。

8月，经艾兹拉·庞德介绍，詹姆斯·乔伊斯结识托马斯·斯特恩斯·艾略特（Thomas Stearns Eliot, 1888—1965）。

9月3日，詹姆斯·乔伊斯给约翰·奎因（John Quinn）写了一封信，信中有一份《尤利西斯》的纲要。

1921年
（39岁）
2月，查尔斯·斯图尔特·帕内尔的情人和妻子凯瑟琳·奥谢·帕内尔谢世。

2月，《小评论》因淫秽嫌疑而开始受审，纽约法庭判定《尤利西斯》会伤风败俗。

4月，理查德·奥尔丁顿（Richard Aldington）撰写的《詹姆斯·乔伊斯先生的影响》（*The Influence of Mr. James Joyce*）在《英语评论》（*The English Review*）上发表。

6月11日，萧伯纳或直译为乔治·伯纳德·肖（George Bernard Shaw, 1856—1950）给出版家西尔维娅·比奇（Sylvia Beach，1887—1962）写了一封信，表达了他对连载的《尤利西斯》的看法。

8月16日，詹姆斯·乔伊斯写信给其友人弗兰克·巴奇恩（Frank Budgen，1882—1971），告诉对方《珀涅罗珀》（*Penelope*）是《尤利西斯》中最吸引人的部分。

10月，历时7年，詹姆斯·乔伊斯终于撰写完《尤利西斯》，他把该书视为"两个民族（犹太-爱尔兰）的史诗"（an epic of two races ［Israelite-Irish］）。

12月，爱尔兰自由邦（Irish Free State）诞生。

《流亡者》的一个版本在伦敦的自我主义者出版社出版。

詹姆斯·乔伊斯的一幅画像由温德姆·刘易斯（Wyndham Lewis）创作完成。

1922年
（40岁）
1月，《詹姆斯·乔伊斯与居谢》（James Joyce et Pécuchet）——艾兹拉·庞德关于《尤利西斯》的一篇评论文章——在《法国信使》（*Mercure de France*）上发表。

1月，亚瑟·格里菲斯（Arthur Griffith, 1871—1922）被选举为爱尔兰下议院议长。

2月2日是乔伊斯40岁生日。这天，西尔维娅·比奇的书店——即巴黎莎士比亚书屋（Shakespeare and Company）——出版了《尤利西斯》第一版（共计1000册）。

2 月 11 日，詹姆斯·乔伊斯给罗伯特·麦卡蒙（Robert McAlmon）写了一封信，信中提到爱尔兰下议院宣传部有意推举他为诺贝尔奖候选人，他认为自己获此奖的希望渺茫。

4 月 1 日，《尤利西斯》（*Ulysses*）——乔治·雷姆（George Rehm）撰写的评论——在《巴黎评论》（*Paris Review*）上发表。

4 月，《詹姆斯·乔伊斯》（*James Joyce*）——杜娜·巴尼斯（Djuna Barnes）撰写的评论——在《名利场》（*Vanity Fair*）上发表。

4 月，詹姆斯·乔伊斯的眼疾复发。

6 月，爱尔兰内战（Irish Civil War）爆发。

7 月，詹姆斯·乔伊斯给艾德蒙·威尔逊（Edmund Wilson）写了一封信，信中对威尔逊在《新共和》（*New Republic*）和《夕阳》（*Evening Sun*）上发表的有关《尤利西斯》的评论表示欣赏。

10 月，乔伊斯一家到英格兰旅游，在那里，詹姆斯·乔伊斯第一次见到哈里特·肖·韦弗。

10 月，自我主义者出版社出版《尤利西斯》（共计 2000 册），该版中的 500 册被纽约邮政局（New York Post Office Authorities）扣留。

12 月 2 日，《论尤利西斯》（On *Ulysses*）——芭贝特·德意志（Babette Deutsch）的评论——在《文学评论》（*Literary Review*）上发表。

《詹姆斯·乔伊斯的〈尤利西斯〉》 （l'*Ulisse du James Joyce*）——西尔维奥·本科（Silvio Benco）的评论——在《民族报》（*La Nazione*）上发表。

爱尔兰语成为官方语言。

1923 年
（41 岁）

1 月，伦敦的自我主义者出版社出版《尤利西斯》（共计 500 册，其中 490 册被福克斯通海关局［Customs Authorities in Folkestone］扣留）。

3 月，詹姆斯·乔伊斯开始创作其另一部实验性作品《进行中的工作》（*Work in Progress*）。该作品最终以《为芬尼根守灵》（*Finnegans Wake*）为题，于 1939 年发表。

5 月，爱尔兰内战结束。

9 月，爱尔兰自由邦被允许加入国际联盟（League of Nations）。

10 月 23 日，詹姆斯·乔伊斯给哈里特·肖·韦弗写了一封信，他在信中提到中国女士和上海。

11 月 14 日，威廉·巴特勒·叶芝获诺贝尔文学奖。

11 月，托马斯·斯特恩斯·艾略特的评论《〈尤利西斯〉，秩序和神话》（*Ulysses*, *Order*, *and Myth*）在《日晷》（*Dial*）上发表。

《爱尔兰反律法主义者中最新的文学信徒：詹姆斯·乔伊斯》（*Ireland's Latest Literary Antinomian*：*James Joyce*）——约瑟夫·柯林斯（Joseph Collins）撰写的文章——被收入纽约乔治·H. 多兰出版社出版的著作《神学者看文学》（*The Doctor Looks at Literature*，1923）中。《神学者看文学》的作者是约瑟夫·柯林斯本人。

1924 年
（42 岁）

1 月，莎士比亚书屋在巴黎出版了无限量版《尤利西斯》（1926 年重新排版）。

4 月 6 日，杰拉德·古尔德（Gerald Gould）撰写的文章《论大卫·赫伯特·劳伦斯和詹姆斯·乔伊斯》（*On D. H. Lawrence and James Joyce*）在《观察者》（*Observer*）上发表。

4 月，詹姆斯·乔伊斯《进行中的工作》的一部分在巴黎的《大西洋评论》（*Transatlantic Review*）上发表。

7 月，马尔科姆·考利（Malcolm Cowley）的文章《詹姆斯·乔伊斯》（*James Joyce*）在纽约的《文人》（*The Bookman*）上发表。

自 7 月至 8 月中旬，詹姆斯·乔伊斯及其家人旅居法国圣马洛市（Saint Malo）和坎佩尔市（Quimper）。

8 月 7 日，斯坦尼斯劳斯·乔伊斯给詹姆斯·乔伊斯写了一封信，信中把他哥哥尚未命名的小说（即《为芬尼根守灵》）视作"梦魇之作"（nightmare production）。

9 月初，乔伊斯一家回到巴黎。

11 月，艾德蒙·威尔逊的文章《走进乔伊斯》（*An Introduc-tion to Joyce*）在《日晷》上发表。

9 月下旬，乔伊斯一家到伦敦住了几周。

伦敦的乔纳森·开普出版社（Jonathan Cape）出版《艺术家年轻时的写照》。

赫伯特·戈尔曼（Herbert Gorman）的《詹姆斯·乔伊斯的早期四十年》（*James Joyce*，*His First Forty Years*）在纽约的 B. W. 许布希出版社出版。

理查德·奥尔丁顿（Richard Aldington）的文章《乔伊斯先生的〈尤利西斯〉》（*Mr. James Joyce's 'Ulysses'*）被收入纽约日暮出版社出版的《文学研究和评论》（*Literary Studies and Reviews*）中。

1925 年
（43 岁）

1 月，瓦莱里·拉尔博（Valéry Larbaud，1881—1957）的文章《关于詹姆斯·乔伊斯和〈尤利西斯〉》（*A Propos de James Joyce et de Ulysses*）在《新法国评论》（*Nouvelle Revue Française*）上发表。

3 月 13 日，詹姆斯·乔伊斯在巴黎夏尔·皮凯大道（Avenue Charles Picquet）8 号写了一封信，信中论及艾兹拉·庞德。

3 月 14 日，西蒙娜·泰里（Simone Tery）的评论《与爱尔兰的詹姆斯·乔伊斯会晤》（*Rencontre avec Javmes Joyce，Irlandais*）在《文学新闻》（*Les Nouvelles litteraires*）上发表。

3 月，埃内斯特·博伊德（Ernest Boyd）的评论《关于尤利西斯》（*A Propos de Ulysses*）在《新法国评论》上发表。

4 月 4 日，伯纳德·吉尔伯特（Bernard Gilbert）的文章《詹姆斯·乔伊斯的悲剧》（*The Tragedy of James Joyce*）在《G. K. 周刊》（*G. K.'s Weekly*）上发表。

1925 年春，詹姆斯·乔伊斯那封论及艾兹拉·庞德的书信在巴黎的《本季度》（*This Quarter*）上发表。

7 月，《进行中的工作》的第二片段在伦敦的《标准》（*Criterion*）上发表。

7 月，詹姆斯·乔伊斯旅居法国费康（Fécamp）。

8 月 20 日，卡洛·利纳蒂（Carlo Linati）的文章《乔伊斯》（*Joyce*）在《晚邮报》（*Corriere della Sera*）上发表。

8 月，詹姆斯·乔伊斯旅居法国阿尔卡雄（Arcachon）。

9 月初，詹姆斯·乔伊斯回到巴黎。

9 月 12 日，詹姆斯·奥赖利（James O'Reilly）的文章《乔伊斯及他人》（Joyce and Beyond Joyce）在《爱尔兰政治家》（*Irish Statesman*）上发表。

10 月，约翰·帕尔默（John Palmer）的文章《荒诞文学》（*Antic Literature*）在《十九世纪及以后》（*Nineteenth Century and After*）上发表。

保罗·罗森菲尔德（Paul Rosenfeld）的文章《詹姆斯·乔伊斯》（*James Joyce*）被收入由纽约日晷出版社出版的《所见之人》（*Men Seen*，1925）上。

1926 年 （44 岁）	7 月下旬至 9 月，乔伊斯一家旅居奥斯坦德（Ostend）和布鲁塞尔（Brussels）。

9 月 19 日，欧金尼奥·蒙塔莱（Eugenio Montale）的文章《外国文学报道：詹姆斯·乔伊斯的都柏林》（*Cronache delle Letterature Straniere：Dubliners di James Joyce*）在《文学展望》（*Fiera Letteraria*）上发表。

9 月下旬，詹姆斯·乔伊斯带家人游览滑铁卢。

11 月 15 日，艾兹拉·庞德给詹姆斯·乔伊斯写了一封信，信中论及《进行中的工作》。

纽约的现代书屋出版《都柏林人》。

1924 年，乔纳森·开普出版社再版了《艺术家年轻时的写照》。

1927 年 （45 岁）	3 月 2 日，詹姆斯·乔伊斯给哈里特·肖·韦弗写了一封信，信中对一个汉字进行了讨论。

4 月，詹姆斯·乔伊斯到伦敦。

5 月和 6 月，詹姆斯·乔伊斯暂居在海牙和阿姆斯特丹。

6 月，《进行中的工作》开始在巴黎《变迁》（*transition*）上连载。

7 月，詹姆斯·乔伊斯的第二本诗集《一分钱一只的果子》（*Pomes Penyeach*）在巴黎西尔维娅·比奇的莎士比亚书屋出版。

9 月，塞缪尔·罗斯（Samuel Roth）的文章《献给詹姆斯·乔伊斯》（*An Offer to James Joyce*）在《双界月刊》（*Two Worlds Monthly*）上发表。

10 月 28 日，詹姆斯·乔伊斯给哈里特·肖·韦弗写了一封信。

保罗·乔丹·史密斯（Paul Jordan Smith）的文章《打开詹姆斯·乔伊斯的〈尤利西斯〉大门的钥匙》（*A Key to the "Ulysses" of James Joyce*）在芝加哥发表。

1928 年 （46 岁）	2 月 10 日，詹姆斯·乔伊斯在巴黎写了一封法文信论及托马斯·哈代（Thomas Hardy，1892—1957）。

1928 年第一季度，詹姆斯·乔伊斯论及托马斯·哈代的法文信在巴黎《新评论》（*Review Nouvelle*）上发表。

3 月，詹姆斯·乔伊斯前往法国的迪拜（Dieppe）和鲁昂（Rouen）。

4 月下旬，詹姆斯·乔伊斯旅居法国的土伦（Toulon）。

1928 年夏，莱斯特·沙夫（Lester Scharaf）的文章《不受控制的詹姆斯·乔伊斯》（*James Joyce the Unbounded*）在巴尔的摩的《青少年》（*The Adolescent*）上发表。

7 月至 9 月中旬，詹姆斯·乔伊斯居住在萨尔茨堡（Salzburg）。

10 月 20 日，詹姆斯·乔伊斯创作的《安娜·利维娅·普卢拉贝勒》（*Anna Livia Plurabelle*）以著作形式在纽约发表。

12 月 29 日，A. E.（乔治·威廉·拉塞尔）的评论《安娜·利维娅·普卢拉贝勒》（*Anna Livia Plurabelle*）发表在《爱尔兰政治家》上。

乔纳森·开普出版社再版了该社于 1924 年出版的《艺术家年轻时的写照》。

纽约的兰登书屋出版了由赫伯特·戈尔曼作序的《艺术家年轻时的写照》。

1929 年
（47 岁）

2 月，法译本《尤利西斯》出版。

5 月，塞缪尔·贝克特（Samuel Beckett, 1906—1989）及其他 11 位作家合著的《我们对他创作的〈进行中的工作〉成果的细查》（*Our Exagmination round His Factification for Incamination of His Work in Progress*）由巴黎莎士比亚书屋出版。

卡尔·图霍尔斯基（Karl Tuchoisky）的评论《尤利西斯》（*Ulysses*）在《世界舞台》（*Die Weltbühne*）第二十三期（1929 年）上发表。

7 月，斯图尔特·吉伯特（Stuart Gilbert，1883—1969）的评论《爱尔兰〈尤利西斯〉一章："冥府"》（*Irish Ulysses*：*Hades Episode*）在《半月评论》上发表。

8 月，詹姆斯·乔伊斯创作的《舍姆和肖恩的故事》（*Tales Told of Shem and Shaun*）由巴黎黑太阳出版社（The Black Sun Press）出版。

11 月，斯图尔特·吉伯特的评论《〈尤利西斯〉之"埃俄罗斯"》（*The Aeolus Episode of Ulysses*）在《变迁》上发表。

1929 年秋，哈罗德·塞勒姆逊（Harold Salemson）的评论《詹姆斯·乔伊斯和新世界》（*James Joyce and the New World*）在巴尔的摩的《现代季刊》（*Modern Quarterly*）上发表。

10 月 16 日，莫瑞斯·墨菲（Maurice Murphy）的评论《詹姆斯·乔伊斯和爱尔兰》（*James Joyce and Ireland*）在《民族》（*Nation*）上发表。

11 月 22 日，詹姆斯·乔伊斯写信给哈里特·肖·韦弗，信中说在过去的 3 周，他无法思考、写作、阅读或讲话，他每天睡眠长达 16 小时。

康斯坦丁·布兰库希（Constantin Brâncuşi，1876—1957）的画像《乔伊斯符号》（*Symbol of Joyce*）发表。

彼得·杰克（Peter Jack）的评论《当代名人：詹姆斯·乔伊斯》（*Some Contemporaries：James Joyce*）在《手稿》（*Manuscripts*）上发表。

1930 年
（48 岁）

1 月，詹姆斯·乔伊斯开始力捧爱-法男高音歌手约翰·沙利文（John Sullivan），他对沙利文的支持持续了多年。

3 月，斯图尔特·吉伯特的评论《普洛透斯:〈尤利西斯〉》（*Proteus：Ulysses*）在《交流》（*Echanges*）上发表。

5 月和 6 月，詹姆斯·乔伊斯的左眼在苏黎世接受了一系列手术治疗。

4 月 23 日，J. A. 哈默顿（J. A. Hammerton）的评论《文学展示：我眼中的詹姆斯·乔伊斯》（*The Literary Show：What I think of James Joyce*）在《旁观者》（*Bystander*）上发表。

6 月 11 日，F. B. 卡基基（F. B. Cargeege）的评论《詹姆斯·乔伊斯的秘密》（*The Mystery of James Joyce*）在《普通人》（*Everyman*）上发表。

6 月 14 日，杰拉德·赫德（Gerald Heard）的评论《詹姆斯·乔伊斯的语言》（*The Language of James Joyce*）在《周末》（*The Week-end*）上发表。

7 月 9 日，杰斐佛·考特尼（Jeffifer Courtenay）的评论《走近詹姆斯·乔伊斯》（*The Approach to James Joyce*）在《普通人》上发表。

7 月 9 日，G. 维内·拉斯顿（G. Wynne Ruston）的评论《反对詹姆斯·乔伊斯的舆论》（*The Case Against James Joyce*）在《普通人》上发表。

7月，莫顿·D. 扎贝尔（Morton D. Zabel）的评论《詹姆斯·乔伊斯的抒情诗》 （*The Lyrics of James Joyce*）在《诗》（*Poetry*）上发表。

7月和8月，詹姆斯·乔伊斯先住在伦敦，后住在牛津，之后又住在威尔士的兰迪德诺镇（Llandudno）。

8月2日，斯图尔特·吉伯特的评论《巨人的成长》（*The Growth of a Titan*）——有关詹姆斯·乔伊斯成长的文章——在《周末文学评论》（*Saturday Review of Literature*）上发表。

9月27日，詹姆斯·乔伊斯致信哈里特·肖·韦弗，信中把大卫·赫伯特·劳伦斯（David Herbert Lawrence，1885—1930）的长篇小说《查泰莱夫人的情人》（*Lady Chatterley's Lover*，1928）称作《话匣子夫人的情人》（*Lady Chatterbox's Lover*）。

1930年第三季度，蒙哥马利·贝利镇（Montgomery Beligion）的评论《乔伊斯先生和吉伯特先生》（*Mr. Joyce and Mr. Gilbert*）在《本季度》上发表。

11月29日，杰弗里·格里格森（Geoffrey Grigson）的评论《再论詹姆斯·乔伊斯》（*James Joyce again*）在《周末评论》（*Saturday Review*）上发表。

12月，爱德华·W. 泰特斯（Edward W. Titus）的评论《乔伊斯先生讲解》（*Mr. Joyce Explains*）在《本季度》上发表。

12月，斯图尔特·吉伯特的评论《乔伊斯式主角》（*The Joycean Protagonist*）在《交流》上发表。

12月，25岁的乔治亚·乔伊斯娶35岁的海伦·卡斯托尔·弗莱施曼（Helen Kastor Fleischmann）为妻。

12月，西尔维奥·本科（Silvio Benco）的评论《詹姆斯·乔伊斯在的里雅斯特》（*James Joyce in Trieste*）在《文人》上发表。

《子孙满天下》（*Haveth Childers Everywhere*）以著作形式由下列两个出版社出版：巴黎的亨利·巴布和杰克·卡亨出版社（Henry Babou and Jack Kahane）；纽约的喷泉出版社（The Fountain Press）。

《安娜·利维娅·普卢拉贝勒》由伦敦费伯和费伯书屋（Faber and Faber）出版。

斯图尔特·吉伯特的专著《詹姆斯·乔伊斯的〈尤利西斯〉》（James Joyce's 'Ulysses'）由伦敦费伯和费伯书屋出版。

1931 年
（49 岁）
1931 年春，斯图尔特·吉伯特的评论《〈进行中的工作〉的脚注》（A Footnote to Work in Progress）在剑桥《实验》（Experiment）上发表，其对《进行中的工作》做了解释。

3 月，迈克尔·莱农（Michael Lennon）的评论《詹姆斯·乔伊斯》（James Joyce）在《天主教世界》（Catholic World）上发表。

4 月，詹姆斯·乔伊斯在威斯巴登（Wiesbaden）逗留了几天。

5 月 5 日，弗雷德里克·勒菲弗（Frederick Lefevre）的评论《詹姆斯·乔伊斯之误》（l'Erreur de James Joyce）在《共和国》（La République）上发表。

5 月，詹姆斯·乔伊斯赴伦敦。

5 月，《安娜·利维娅·普卢拉贝勒》法译本在《新法国评论》上发表。

6 月 10 日，约瑟·沃伦·比奇（Joseph Warren Beach）的评论《从詹姆斯到乔伊斯的小说》（The Novel from James to Joyce）在《民族》上发表。

7 月 4 日，詹姆斯·乔伊斯与诺拉·巴那克尔在肯辛顿（Kensington）登记结婚。

9 月，詹姆斯·乔伊斯离开伦敦赴巴黎。

12 月，阿代尔基·巴朗特（Adelchi Barantono）的评论《乔伊斯现象》（Il Fenomeno Joyce）在《现代公民》（Civilia Moderna）上发表。

12 月 29 日，詹姆斯·乔伊斯的父亲在都柏林去世。

《子孙满天下》由伦敦费伯和费伯书屋出版。

艾德蒙·威尔逊的评论《詹姆斯·乔伊斯》（James Joyce）被收入专著《阿克塞尔的城堡：1870 年至 1930 年想象文学研究》（Axel's Castel: A Study in the Imaginative Literature of 1870 - 1930），该书由纽约的查尔斯·斯克里布纳之子出版社（Charles Scribner's Sons）出版。

爱德华·迪雅尔丹（Édouard Dujardin，1861—1949）的《内心独白：它的外部特征、起源及在詹姆斯·乔伊斯作品中的作用》（Le Monologue intérieure: son Apparition, ses Origines, sa Place dans l'Oeuvre de James Joyce）在巴黎发表。

1932 年
（50 岁）

2 月 15 日，斯蒂芬·詹姆斯·乔伊斯出生，他是乔治亚·乔伊斯和海伦·乔伊斯的长子，也是詹姆斯·乔伊斯的长孙。

2 月 19 日，詹姆斯·乔伊斯创作《瞧这孩子》（*Ecce Puer*）。

2 月 27 日，詹姆斯·乔伊斯的评论《从被禁作家到被禁歌手》（*From a Banned Writer to a Banned Singer*）在伦敦的《新政治家与民族》（*The New Statesman and Nation*）上发表。

3 月 4 日，詹姆斯·乔伊斯给托马斯·斯特恩斯·艾略特写了一封信，信中谈及《尤利西斯》在美国的出版问题。

3 月，托马斯·麦克格林（Thomas McGreevy）的评论《向詹姆斯·乔伊斯致敬》（Homage to James Joyce）在《变迁》上发表。

3 月，詹姆斯·乔伊斯的女儿露西娅·乔伊斯患精神分裂症。

玛丽·科拉姆（Mary Colum）的评论《詹姆斯·乔伊斯写照》（*Portrait of James Joyce*）在《都柏林杂志》（*The Dublin Magazine*）上发表。

5 月，埃蒙·德·瓦莱拉（Eamon de Valera，1882—1975）被选为爱尔兰自由邦行政委员会主席。

5 月 22 日，爱尔兰剧作家以及阿比剧院的创建人之一格雷戈里夫人去世。

7 月至 9 月，乔伊斯一家旅居苏黎世。

9 月，瑞士著名心理学家兼精神病学家卡尔·古斯塔夫·荣格（Carl Gustav Jung，1875—1961）的评论《尤利西斯：独白》（*Ulysses：ein Monolog*）在柏林《欧洲评论》（*Europäische Revue*）上发表。

9 月中旬后，乔伊斯一家赴尼斯。

保罗·莱昂（Paul Leon）成为詹姆斯·乔伊斯的秘书。

12 月，奥德赛出版社在汉堡、巴黎和波洛尼亚（Bologna）出版了无限量版《尤利西斯》。

塞萨尔·阿宾（César Abin）画了一幅詹姆斯·乔伊斯肖像，该肖像的独特性在于它是一个问号形状。

《舍姆和肖恩的故事》由伦敦费伯和费伯书屋出版。

查尔斯·C. 达夫（Charles C. Duff）的作品《詹姆斯·乔伊斯和普通读者》（*James Joyce and the Plain Reader*）在伦敦发表。

卡罗拉·翁-威尔克尔（Carola Giedion-Welcker）的评论《詹姆斯·乔伊斯》（James Joyce）在《法兰克福日报》（*Frankfurter Zeitung*）上发表。

1933 年
（51 岁）
2 月 6 日，詹姆斯·乔伊斯给 W. K. 马吉（W. K. Magee）写了一封信，向对方咨询有关乔治·摩尔（George Moore）葬礼的事情。

5 月，乔伊斯一家赴苏黎世。

7 月，詹姆斯·乔伊斯的女儿露西娅·乔伊斯住进瑞士尼翁（Nyon）疗养院。

9 月，弗兰克·雷蒙德·利维斯（Frank Raymond Leavis，1895—1978）的评论《乔伊斯和〈词的革命〉》（*Joyce and 'The Revolution of the Word'*）在《推敲：季评》（*Scrutiny: A Quarterly Review*）上发表。

12 月 6 日，美国地方法院法官约翰·蒙罗·伍尔西（John Munro Woolsey，1877—1945）作出了关于《尤利西斯》的判决，认定该小说并非是淫秽作品，《尤利西斯》可以在美国出版。

路易斯·戈尔丁（Louis Golding）的专著《詹姆斯·乔伊斯》（*James Joyce*）在伦敦桑顿·巴特沃斯出版社（Thornton Butterworth）出版。

1934 年
（52 岁）
1 月，纽约的兰登书屋（Random House）出版了无限量版《尤利西斯》。

1 月，克利夫顿·法迪曼（Clifton Fadiman）的评论《〈尤利西斯〉在美国首发》（*American Debut of Ulysses*）在《纽约》（*New York*）上发表。

2 月 14 日，威廉·特洛伊（William Troy）的评论《斯蒂芬·迪达勒斯与詹姆斯·乔伊斯》（*Stephen Dedalus and James Joyce*）在《民族》（*The Nation*）上发表。

3 月，詹姆斯·乔伊斯到格勒诺布尔（Grenoble）、苏黎世和蒙特卡洛（Monte Carlo）旅行。

4 月，詹姆斯·乔伊斯创作《易卜生〈群鬼〉后记》（*Epilogue to Ibsen's "Ghosts"*）。

6 月 1 日，詹姆斯·乔伊斯给露西娅·乔伊斯写了一封信，信中说他会想办法出版《乔叟入门》（*Chaucer's ABC*）。

6月，詹姆斯·乔伊斯的作品《米克、尼克和玛姬的笑剧》（*The Mime of Mick, Nick and the Maggies*）以著作形式在海牙出版，它后来成为《为芬尼根守灵》第二卷第一章的开篇。

6月底，詹姆斯·乔伊斯前往东部的旅游城镇斯帕（Spa）。

1934年夏，约翰·波洛克（John Pollock）的评论《〈尤利西斯〉和审查制度》（*Ulysses and censorship*）在《作者》（*The Author*）上发表。

9月，詹姆斯·乔伊斯前往苏黎世和日内瓦。

9月，露西娅·乔伊斯转至卡尔·古斯塔夫·荣格（Carl Gustav Jung，1875—1961）诊所。

10月，阿曼德·佩提让（Armand Petitjean）的评论《詹姆斯·乔伊斯以及世界语言吸收》（*James Joyce et l'Absorption de Monde par le Language*）在马赛的《南方手册》（*Cahiers du Sud*）上发表。

弗兰克·巴奇恩的著作《詹姆斯·乔伊斯以及〈尤利西斯〉创作》（*James Joyce and the Making of "Ulysses"*）在伦敦出版。

1935年
（53岁）

1月底，詹姆斯·乔伊斯从苏黎世回到巴黎。

5月25日，罗伯特·林德（Robert Lynd）的评论《詹姆斯·乔伊斯和新小说》（*James Joyce and the New Kind of Fiction*）发表。

5月，保罗·埃尔默·摩尔（Paul Elmer More，1864—1937）的评论《詹姆斯·乔伊斯》（*James Joyce*）在《北美评论》（*American Review*）上发表。

9月，詹姆斯·乔伊斯在法国北部的一个小城枫丹白露（Fontainebleau）停留了几天。

10月，《尤利西斯》由纽约限量版俱乐部（Limited Editions Club）出版，该版印刷1500册，其插图由亨利·马蒂斯（Henri Matisse）设计。

A. J. A. 沃尔多克（A. J. A. Waldock）的评论《长篇小说中的实验》（*Experiment in the Novel*）被收入他本人的著作《英国文学的一些最新发展：悉尼大学函授异文系列》（*Some Recent Developments in English Literature: A Series of Sydney University Extension Lection*，1935）中。该著作由悉尼澳大利亚医学出版公司（Medical Publishing Company）出版。

1936 年
(54 岁)　　7 月，詹姆斯·乔伊斯的作品《乔叟入门》发表。

8 月 10 日，詹姆斯·乔伊斯给斯蒂芬·乔伊斯（Stephen Joyce）写了一封信，信中讲述了一则寓言故事。

8 月和 9 月，乔伊斯一家旅居丹麦，他们在去丹麦的途中曾到过波恩。

10 月 4 日，詹姆斯·乔伊斯给康斯坦丁 P. 柯伦（Constantine P. Curran）写了一封信，信中向对方征求了一些关于私人财产的意见。

10 月 15 日，詹姆斯·乔伊斯给其岳母写了一封信，信中提到露西娅·乔伊斯为他的书《乔叟入门》设计了插图。

10 月，《尤利西斯》由伦敦博德利·黑德出版公司（The Bodley Head）出版。该版《尤利西斯》共计 1000 册，其中 100 册有作者签名。

12 月，《诗选》（Collected Poems）由纽约黑太阳出版社出版，该诗集包含《一分钱一只的果子》和《瞧这孩子》。

亨利·赛德尔·坎比（Henry Seidel Canby）的作品《七年的收获》（Seven Years' Harvest）在纽约出版。

大卫·戴希斯（David Daiches）的评论《〈尤利西斯〉的重要性》（The Importance of Ulysses）被收入其著作《新文学价值》（New Literary Values，1936）中。该著作在爱丁堡出版。

1937 年
(55 岁)　　5 月 23 日，詹姆斯·乔伊斯给托马斯·基奥勒（Thomas Keohler）写了一封信，旨在为收到《献身者之歌》（Songs of a Devotee）向对方表示感谢。

7 月，《爱尔兰共和国宪法》通过。

8 月，乔伊斯一家旅居苏黎世。

8 月，范德缸（D. G. Van der vat）的评论《〈尤利西斯〉中的父亲》（Paternity in Ulysses）在《英语学习》（English Studies）上发表。

9 月，乔伊斯一家旅居迪拜（Dieppe）。

9 月，无限量版《尤利西斯》由伦敦博德利·黑德出版公司出版。

10 月，詹姆斯·乔伊斯创作的《她讲的故事》（Storiella as She Is Syung）——《为芬尼根守灵》的一个片段——以著作形式由伦敦科维努斯出版社（Corvinus Press）出版。

阿尔芒・珀蒂让（Armand Petitjean）的评论《乔伊斯的意义》（*Signification de Joyce*）在《英语研究》（*Etudes Anglaises*）上发表。

迈尔斯 L. 汉利（Miles L. Hanley）主编的著作《詹姆斯・乔伊斯的〈尤利西斯〉词索引》（*Word Index to James Joyce's "Ulysses"*）由威斯康星大学出版社出版。

1938 年
（56 岁）

7 月，道格拉斯・海德被选为爱尔兰总统。

8 月至 9 月，詹姆斯・乔伊斯和他家人先后旅居苏黎世和洛桑。

11 月，詹姆斯・乔伊斯写完《为芬尼根守灵》。

1939 年
（57 岁）

1 月，威廉・巴特勒・叶芝谢世。

2 月 2 日，詹姆斯・乔伊斯展示了《为芬尼根守灵》的第一个装订本。

4 月 4 日，詹姆斯・乔伊斯给利维娅・斯韦沃（Livia Svevo）写了一封信，信中谈及一些生活琐事，如他很挂念弟弟等。

5 月 1 日，雅克・梅尔坎托（Jacques Mercanto）的评论《为芬尼根守灵》（*Finnegans Wake*）在《新法兰西评论》（*Nouvelle Revue Française*）上发表。

5 月 4 日，《为芬尼根守灵》由以下两家出版社正式出版：伦敦费伯和费伯出版有限公司（Faber and Faber Limited）；纽约海盗出版社（The Viking Press）。

5 月 5 日，哈罗德・尼科尔森（Harold Nicolson）的评论《乔伊斯先生无解的寓言之谜》（*The Indecipherable Mystery of Mr. Joyce's Allegory*）在伦敦《每日电讯报》（*Daily Telegraph*）上发表。

5 月 8 日，布鲁顿・拉斯科（Bruton Rascoe）的评论《为芬尼根守灵》（*Finnegans Wake*）在《新闻周刊》（*Newsweek*）上发表。

5 月 19 日，安东尼・伯特伦（Anthony Bertram）的评论《对乔伊斯先生的看法》（*Views on Mr. Joyce*）在《旁观者》（*Spectator*）上发表。

5 月 20 日，L. J. 菲尼（L. J. Feeney）的评论《詹姆斯・乔伊斯》（*James Joyce*）在《美洲》（*America*）上发表。

6 月 3 日，福特・马道克斯・福特（Ford Madox Ford）的评论《为芬尼根守灵》（*Finnegans Wake*）在《周末文学评论》上发表。

6月10日，保罗·罗森菲尔德（Paul Rosenfeld）的评论《为芬尼根守灵》（*Finnegans Wake*）在《周末文学评论》上发表。

6月28日，埃德蒙·威尔逊（Edmund Wilson）的评论《H. C. 埃里克和家》（*H. C. Earwicker and Family*）在《新共和》上发表。

7月7日，巴里·伯恩（Barry Byrne）的评论《为芬尼根守灵》（*Finnegans Wake*）在《公益》（*Commonweal*）上发表。

7月12日，埃德蒙·威尔逊的评论《H. C. 埃里克的梦》（*The Dream of H. C. Earwicker*）在《新共和》上发表。

7月，乔伊斯一家旅居法国海滨小城埃特勒塔（Étretat）。

8月27日，丽奈特·罗伯茨（Lynette Roberts）的评论《为芬尼根守灵》（*Finnegans Wake*）在布宜诺斯艾利斯的《民族》（*La Nacion*）上发表。

8月，乔伊斯一家旅居伯尔尼（Berne）。

9月1日，欧文·B. 麦圭尔（Owen B. McGuire）的评论《为芬尼根守灵》（*Finnegans Wake*）在《公益》上发表。

9月至12月，乔伊斯一家返回法国，住在拉波勒（La Baule）。

10月，阿奇博尔德·希尔（Archibald Hill）的评论《语言学家看〈为芬尼根守灵〉》（*A Philologist Looks at Finnegans Wake*）在《弗吉尼亚季评》（*Virginia Quarterly Review*）上发表。

12月，乔伊斯一家离开巴黎赴维希（Vichy）附近的圣热朗-勒-多姆（St Gérand-le-Puy）。

赫伯特·戈尔曼的著作《詹姆斯·乔伊斯》（*James Joyce*）在纽约出版。

哈里·列文（Harry Levin）写的有关《为芬尼根守灵》的评论《论初览〈为芬尼根守灵〉》（*On First Looking into Finnegans Wake*）发表在《散文和诗歌中的新方向》（*New Directions in Prose and Poetry*）上。

大卫·戴希斯（David Daiches）的著作《长篇小说和现代世界》（*The Novel and the Modern World*，1939）由芝加哥大学出版社（University of Chicago Press）出版，该书中的若干部分对詹姆斯·乔伊斯的长篇小说进行了评论。

詹姆斯 K. 费布尔曼（James K. Feibleman）的评论《神话喜剧：詹姆斯·乔伊斯》（*The Comedy of Myth：James Joyce*）被收入《喜剧赞》（*In Praise of Comedy*，1939）中。该书由伦敦的艾伦和昂温出版社（Allen and Unwin）出版。

1940 年
（58 岁）
6 月，巴黎落入阿道夫·希特勒（Adolf Hitler，1889—1945）之手。

12 月，詹姆斯·乔伊斯带家人离开圣热朗-勒-多姆到苏黎世。

赫伯特·戈尔曼的著作《詹姆斯·乔伊斯》（*James Joyce*）由纽约莱因哈特公司（Rinehart）出版。

1941 年
（59 岁）
1 月 13 日，詹姆斯·乔伊斯因溃疡穿孔在苏黎世红十字护士基地（Schwesterhaus vom Roten Kreuz）逝世。

1 月 15 日，詹姆斯·乔伊斯葬在苏黎世弗林贴隆公墓（Fluntern Cemetery）。

译者后记

译作《流亡者》为国家社会科学基金课题"爱尔兰文学思潮的流变研究"（15BWW044）和教育部社会科学基金课题"2017年度国别与区域研究中心（备案）：爱尔兰研究中心"（GQ17257）阶段性成果，教育部国别与区域研究相关课题阶段性成果、也是上海对外经贸大学课题"'一带一路'战略格局下的爱尔兰与中国关系研究"（YDYL2018020）、上海对外经贸大学内涵建设课题"乔伊斯与爱尔兰非物质文化遗产"、"外国语言文学研究生班课程"、"内涵建设之学科建设"、上海对外经贸大学学位点专项研究生创新人才培养建设项目：研究生教育精品课程：《乔伊斯研究》和上海对外经贸大学2020年内涵建设最终成果。

本次笔译实践由上海对外经贸大学爱尔兰研究中心（Irish Studies Centre，SUIBE）组织。该中心自成立以来，走的是理论研究与学术实践相结合的道路，旨在以研究爱尔兰文学研究和作品翻译为基础，进而探究爱尔兰文化、历史、政治、经济等领域，增进"中—爱"两国的友谊和相互了解，加强该校与爱尔兰高校之间的学术交流。

在上海对外经贸大学各级领导的支持下，在本校不同部门的协作下，该译作历时3年完成，是团队智慧及合作的结晶。

此研究团队主要由教师和在读研究生组成。该团队成员利用业余时间，多次聚会，制定翻译计划，查找资料，统一格式，讨论翻译疑难，反复校对，联系出版事宜等，勾绘出一条时光的印迹，写就了一曲苦中作乐的求索之歌。

作为上海对外经贸大学爱尔兰研究中心主任、本翻译团队组织者、本译作第一责任人，我谨向所有参加翻译和校对的合作者致谢，向上海对外经贸大学各级领导致谢，向支持本翻译团队的各部门致谢。

当然，必须感谢我爱人李春梅和儿子冯勃的理解和支持。为了科研，我近期基本上不呆在家，就住我校宾馆或办公室，几乎没有分担家务，也很少与他们共享假期。

但愿，此书为未来乔伊斯作品的翻译和研究提供参考。

翻译过程中，主要参考了如下资料：

Abrams, M. H. *A Glossary of Literary Terms*. 7th ed. Beijing：Foreign Language Teaching and Research Press, 2004.

Achtemeier, Paul J., ed. *The HarperCollins Bible Dictionary*. New York：HarperCollins Publishers Inc., 1996.

Joyce, James. *Finnegans Wake*. New York：Penguin Books, 1976.

—. *Letters of James Joyce*. Ed. Stuart Gilbert. New York：The Viking Press, 1957.

—. *The Critical Writings of James Joyce*. Ed. Ellsworth Mason and Richard Ellmann. New York：The Viking Press, 1959.

—. *The Portable James Joyce*. Ed. Harry Levin. New York：Penguin Books, 1976.

—. *Ulysses*. Ed. Hans Walter Gabler, with WolfhardStepe and Claus Melchior, and an Afterword by Michael Groden. The Gabler Edition. New York: Random House, Inc., 1986.

McHugh, Roland. *Annotations to "Finnegans Wake."* 3rd. ed. Baltimore and London: The Johns Hopkins University Press, 2006.

《不列颠百科全书》（国际中文版，20 卷）。北京：中国大百科全书出版社，2002 年。

郭国荣主编：《世界人名翻译大辞典》。北京：中国对外翻译出版社，1993 年。

《圣经》（启导本）。香港：香港海天书楼，2003 年。

夏征农主编：《辞海》［1999 年版缩印本（音序）］。上海：上海辞书出版社，2002 年。

周定国主编：《外国地名译名手册》（中型本）。北京：商务印书馆，1993 年。

冯建明
2019 年夏
上海对外经贸大学
爱尔兰研究中心（教育部备案）

图书在版编目（CIP）数据

流亡者/〔爱尔兰〕詹姆斯·乔伊斯著；冯建明等译. —上海：上海三联书店，2020.4
ISBN 978 - 7 - 5426 - 6985 - 8

Ⅰ.①流⋯ Ⅱ.①詹⋯②冯⋯ Ⅲ.①剧本－爱尔兰－现代 Ⅳ.①I562.35

中国版本图书馆 CIP 数据核字（2020）第 034146 号

流亡者

著　　者 / 〔爱尔兰〕詹姆斯·乔伊斯
译　　者 / 冯建明　梅叶萍　等

责任编辑 / 职　烨
特约编辑 / 宋寅悦
装帧设计 / 一本好书
监　　制 / 姚　军
责任校对 / 张大伟

出版发行 / 上海三联书店
　　　　　　（200030）中国上海市漕溪北路 331 号 A 座 6 楼
邮购电话 / 021 - 22895540
印　　刷 / 上海展强印刷有限公司

版　　次 / 2020 年 4 月第 1 版
印　　次 / 2020 年 4 月第 1 次印刷
开　　本 / 889 × 1194　1/32
字　　数 / 110 千字
印　　张 / 4.75
书　　号 / ISBN 978 - 7 - 5426 - 6985 - 8/I·1610
定　　价 / 48.00 元

敬启读者，如发现本书有印装质量问题，请与印刷厂联系 021 - 66366565

.